文春文庫

幽霊作家と古物商

夜明けに見えた真相

彩藤アザミ

文藝春秋

目次

長月響《ながつききょう》

作家。自分の死因がわからない幽霊だが、今も執筆の仕事を続けている。

御蔵坂類《みくらざかるい》

古道具屋「美蔵堂」の店主で、響の友人。霊感があり、響のことが視える。

嵯峨野永太郎《さがのえいたろう》

フォロワー十万人超えの大学生インフルエンサー。人懐っこい好青年。

濱氏《はま》

響の担当編集者。響が死んだことに気づいていない。

前巻のあらすじ

幽霊の作家・響は、執筆の合間に空中散歩をしたり、友人の類と会話をしたり、「美蔵堂」に持ち込まれた霊つきの道具を一緒に調べたりして幽霊の生活を満喫している。しかし月日が経つごとに、響の生前の記憶が戻ってくるようになり……?

幽霊作家と古物商

夜明けに
見えた
真相

序文

―たそがれより―

一番星が光るころ、仕事を切り上げた。

この世との唯一の繋がり、唯一触れられる愛用品。デビュー時の印税で買ったデスクトップのパソコンをシャットダウンし、うんと躰《からだ》を伸ばす。

椅子をすり抜け、窓辺から飛び立てば、幽霊作家の夜が始まる。

橙と紫の溶け合う空は、どこまでも胡乱《うろん》に広がっていた。二番目の星が灯る。

昼と夜の交差する刹那。

逢魔《おうま》が時。

この時間が、不思議と一番飛びやすい。

地上を行く人々は誰も俺に気づかない。

三つ、四つ、灯るにつれ、辺りは藍色に染まる。

人混みのなかで立ち止まり、じっとこちらを見上げる黒い影があった。

この時間はこういうものも一番多い。

かくいう自分も、その一人なのだ……と、鼻で笑う。

笑ってしまえるくらいには慣れきった、気楽な生活だった。

町家の屋根を滑っていくと「美蔵堂《みくらどう》」の扁額《へんがく》が見えてきた。

ちょうど店主が、引き戸の表にかけた看板をひっくり返しに出てきたところだった。

薄暮のなかでも色素の薄さが窺《うかが》えた。

ここ、北陸の古都で古道具屋「美蔵堂」を営む彼は、御蔵坂類《みくらざかるい》という。

この俺、墓森響《はかもりきょう》——筆名・長月響《ながつききょう》のことが視《み》える、今のところ唯一の人間だ。

本人曰く、昔から霊感とやらが強いらしい。

彼は頭上の俺に気づいて顎《あご》を上げた。

「やぁ響さん。今日も来たんだね」

「あぁ、変わりはないか？」

類は薄く笑う。

「今日も面白い古道具が入ったよ、霊つきの、ね——」

美蔵堂は、店主の気まぐれにより「いわくつきの品」も扱っている。

——たそがれより続く。

呻き匣

いつものように美蔵堂へ行くと、類は商談の真っ最中だった。

壁をすり抜けてきた俺の姿を見留めた彼は、さりげなく説明してくれた。

「――にしても、こんなに綺麗な匣《はこ》から呻《うめ》き声が聞こえるなんて、不思議ですねぇ」

へぇ、と俺はカウンターに腰かけた。類の向かいに座っていた中年の男性が頷《うなず》く。

「にわかには信じられないでしょうが、私も聞いたことがあるんです。普段は大人しいのですがね、たまに聞こえてくるんですよ。もう、気味が悪くって……」

二人の間に置かれていたのは、角に金細工の装飾がついた、両手に乗るくらいの小匣だった。

「七宝《しっぽう》ですね」と、類が素手で手にとる。

白手袋をしていた男は少しぎょっとしたように見えた。

「あぁ、気になりますか？　ですが美術品を扱うのは素手が一番ですよ。手袋なんてしていたら滑るでしょう」

「そういうものなのですか」

「手からの汚れは脂か指紋くらいなものですが、拭けば取れますからね。洗い立てのなにも塗っていない手が一番です。わざわざ手袋なんかするのは、パフォーマンスでやっている場合がほとんどだ」

「なるほど」

「へぇ」と俺も声を漏らした。

類がくすりと鼻を鳴らす。男は納得したのか、匣の由来を話してくれた。

「この匣には乱心した男の霊が取《と》り憑《つ》いているとのことです。私の曾祖父……にあたる人だそうですが。……怠け者で、横暴で、大変な人だったそうです。そのうえ晩年は気が違ってしまったそうで……」

彼は言い淀《よど》んでから、上目で類を見た。

「死んだあと、曾祖母の愛用品だったこの匣に取り憑いてしまったそうです」

「ほお、なぜ妻の物に？」

「逆恨みですかねぇ」

俺は好奇心に身を乗り出す。

そのとき、匣のなかから微かな音が聞こえた気がした。

「そのうち曾祖母も死んで二人の遺品は整理されたのですが、この小匣だけはなぜか売れなかったそうで、ずっと家にあったと」

匣からは、また音がした。しかし男はまるで気に留めない。類もだ。

どうもよくない気がして、匣から離れようと近くのソファに移動した。

――う。

俺は肩をぴくりと震わせる。

――うう、ううぅぅ……。

「……ん？」

呻き声は徐々に大きくなり、類も、次いで男もやっと匣に視線を落とした。霊感があると聞こえやすいのか……俺は霊そのものだから、一番よく聞こえたようだ。

「ずいぶんと恨みがましい声ですね」

類はゆっくりと首をかしげた。男は怯《おび》えて椅子から腰を浮かせていた。

「これ、開けたらどうなるんですか？」

「と、とんでもない！　開けたことなどありませんよ。金具も錆《さ》びているようですし」

彼が指差した匣の側面には、掛け金がついていた。硬そうに黒ずんでいる。

「開けた者は呪われる、と伝え聞いております」

「ふぅん。それで今まで誰も開けなかったのですね」

類が電卓をたたき買取金額を提示すると、男はそのまま匣を売って帰っていった。珍しい、あとから振り込むことにしたということは、けっこうな値をつけたのだろう。

「さて、どうやって綺麗にしようかな」

と、言いつつ今すぐ取りかかる気はないようで、類は二階の私室へ昼食をとりに上がっていってしまった。

――ううぅぅぅ、うぐうぅぅ……うっ、うっ……。

苦しげな声……耳を澄ますと、泣いているようにも聞こえた。

――い、……どい、……ひどい……。

ねっとりした口ぶりに背中がぞわつく。もはや俺の耳には微かな呻きではなく、はっきりとした言葉が聞こえていた。

――つき……。

「え？」

匣はぴたりと声を止める。顔を近づけてみた。錆びた鍵の周りには、透明に照る結露のような塊があった。

「これは……」

次の瞬間。

――う、う、うううぅぅぅぅぅぅぅぅぅぅぅ……！

呻き声が大きくなった。照明が明滅し、耳障りな声が入口の硝子《ガラス》をびりびりと震わせた。思わず身構える。

二階から類が駆け下りてきた。

「なにしたの？」

「類……この、なかの霊は……」

——嘘つき、嘘つき……。

俺は側面からそっと指を差し入れてみた。

声は密やかな嗚咽《おえつ》に変わる。

——………。

「ほら、こっちの様子を窺ってるぞ」

彼はあくまで正気なのではないかと、思った。

「ああ」と類はこともなげに小首をかしげる。

「やっぱりか……響さん、掛け金の周りを見てよ。これ接着剤だよ」

「……！『どうやって綺麗にしよう』ってこれのことか……？」

「そうそう」

無理に剝《は》がしたり削ったりすると傷めてしまうだろう。

そうこうしているうちに、呻き声は萎んでいく。

何年、こうしていたのだろう。どうにも哀れで仕様がなくなってきた。

「なぁ……開けたら、成仏できるか？」

俺は類と、なかのものに尋ねた。匣からは息をひそめる気配がした。


後日、類があの男に連絡を取り事情を話すと、男は方々に話を聞きにいってくれたという。すると伝え聞いた話に、おかしなところが多いということがわかった。

「当時世話になった人たちのあいだでは『曾祖父は人格者だった』という声もあり……」

「気が違ったんじゃなく、気が違ったことにされたのかもしれませんね」

類はそう言ってのけた。

「それから、この匣は曾祖父の死後に買われたものだった……という話も」

——取り憑いたのではなく、閉じ込められている。

それが導き出された結論だった。


蓋の開いた匣のなかには、もうなにも入っていない。

青い天鵝絨《ビロード》張りの空間がぽっかり口を開けている。

乾いた布で、その匣を磨く類の背を見て、俺は呟《つぶや》いた。

「すまん。霊つきだったのに、ただの匣にしてしまった」

売り主の立会いのもと、接着剤を除去して匣を開けると、陽炎《かげろう》のようなものが立ち上がって、消えた。類と男にも確かに見えたらしかったが、それ以来、なにも起こらなくなったので、本当のところは確かめようがなかった。

だが、匣からは厭《いや》な感じがまるでしなくなった。

類は足を組み替え、背もたれに寄りかかる。

「いいよ別に。霊は消えたようだけれど。これはたぶん、ただの匣じゃない」

「え？」

「こんなに長いあいだ霊を閉じ込めていられたんだ。立派だよ」

「そうなのか？」

「うん、作り手の魂が籠っているんだ。大量生産の工業製品と違ってね、人の手が長い時間触れて作られた物には、作り手の生命力や想いなんかが乗り移るものなんだ」

「へぇ」

「そうじゃなきゃ閉じ込められたほうも、まともじゃいられなかったと思う。こう言ってはなんだけど、居心地は悪くなかったんだろうね。丁重な牢のように」

類は目を伏せて、薄く微笑んだ。

「残念ながらいいことには使われなかったようだけれど。次はいい使い方をされるといいね。物は、使う人次第だから」

了

よさり、目合《まぐわ》ひ

その女の霊を見かけたのは、手をかざしても隠せないほど大きな満月の夜だった。そよそよと夜気を受けて、短い髪が揺れている。彼女は部屋着のような簡素なワンピースに裸足で、頬を輝かせて飛んでいった。

悪い霊ではないのは一目瞭然だった。

女はあるマンションのベランダに降り立つと、開けてあった窓からなかへ入った。ソファに座った男が恍惚とした顔で立ち上がり、彼女を抱き上げ奥へ消えた。

これは、いったい……？

俺は窓の近くの電線に座って、しばらく待ってみることにした。

明け方、満ち足りた顔をした彼女が窓から飛び立つとき、しっかりと目が合ってしまった。

「誰？」

やはり霊にしては妙に〝はっきりして〟いた。途端に親近感が湧く。女は肉厚の唇を反らしてきつく言った。

「見ていたの？」

「いや、脚しか見えなかったよ。二人とも」

彼女はかあっと頬を赤くして、右手を振り上げた。俺は咄嗟《とっさ》にそれを避ける。

「消えて！　消えなさいよ！」

女は指を差して命じてきた。それが当然の権利かのように。

「悪い……あまりに珍しい光景だったから」

「珍しい？　ふん、なに言ってるのよ」

女は顔を背けて、急いだ様子で飛んでいった。あっという間に小さくなる。あとをつけてみると、女は小さなアパートの壁をすり抜けた。ごく普通の、地味だが新しい低層のアパートだ。俺は窓へ回ってこっそりと部屋のなかを覗いてみた。

驚いたことに、女はベッドのなかで眠っていた。

まもなく彼女は目覚まし時計の音で起き上がった。窓越しに目が合う。だが、彼女の目にはなにも映っていないようだった。彼女は窓を開けて網戸にすると、洗面所へ顔を洗いにいった。

支度を終えた彼女が足早に向かった最寄り駅のホームには、昨夜の男が立っていた。

俺は首をかしげ、上空から二人を見下ろす。

男は女を一瞥《いちべつ》もせずに電車に乗り込んだ。女は同じ車両の端から、男の憂いを帯びた横顔を眺めた。少し陰鬱な影を負った、線の細い男だった。

女はしきりに欠伸《あくび》をする。男のほうも。よく観察してみると、彼は電車を降りるとき、さりげないふうで女をちらと見た。

「……そういうことか」

俺はようやく彼らの『奇妙さ』の正体に気づいて、腹ばいになった網棚の上で唸った。

これは面白い……のだが。


再び、夜。

女のアパートから男のマンションへ行く途中のビルの屋上で待っていると、案の定、女がふわふわと飛んできた。

「今日も、あそこへ行くのか？」

「だったらなに？」

女は給水塔の上から不遜な態度で返した。俺は内心で薄く笑う。あのあと、電車を降りた女のあとをついていってみると、彼女はオフィスビルの一角に入った健康食品の営業所で事務員として働いていたのだが、そのときは物静かで控えめな印象だったのだ。

「夢のなかでなにをしようと、あたしの勝手でしょう?」

「あぁ……君はこれを夢だと思っているのか」

俺が腕を組んで頷くと、女はいらだった顔になる。

「明晰夢ってやつでしょう? 気づいているんだからね。だって空を飛べるのよ? 好きな人に会いに行けるのよ。全部あたしの思い通り。普通の夢みたいに荒唐無稽《こうとうむけい》なことなんか起こったことがない。あんたが現れた以外はね」

そう言って彼女は、また「消えろ、消えろ」と俺を指差して睨んだ。

どうしたものかと逡巡《しゅんじゅん》する。しかし俺は以前、類が話していたことを思い出し、本当のことを教えてあげるべきだと思った。

「違うんだ。ここは現実で、君は幽霊だ」

「あたしが死んでるっていうの? 今日も会社に行ってきたのに」

「それも違う。君は毎晩、幽体離脱しているんだ。俺は今日、躰に戻った君をずっと尾行していた。驚いたよ」

俺は彼女の会社名や今日の昼に食べたものを当ててみせた。彼女は笑いだした。

「あんたはあたしの夢が作り出した存在なんだから、知っていて当然でしょ? あたしが幽霊だっていうなら、昼間もあたしについてきたっていうあんたはなによ？　死んでるの？」

「ああ」

「あはははは」

女は目を見開いて嗤《わら》う。月光の影が濃く射した。

「これが現実だったら、あの人があたしを認知してるってことじゃない。そんなことあり得ない！　そんな都合のいいこと。両手を広げて幽霊を迎える男なんているものですか」

笑いが収まると、彼女は俺の前に降り立った。

「で？」

「あまりそういうことを繰り返すと危険だと、友人が言っていた」

長いあいだ躰と霊体が離れると、うまく嵌《はま》らなくなって戻れなくなる、と……。

つまり、幽体離脱という行為には危険が伴う。

それを説明すると、女は静かに言った。

「命なんて惜しくないわ。これができなきゃ生きている意味なんかないの」

その瞳には仄暗い火が灯っていた。

「……君の命だ。強制はできない」

今はなにを言っても反発されるだけだろう。

「が……覚えておいて欲しい。それから、よければ少し話してみたい。彼のことでも、昼間の愚痴でも、なんでもいいから聞かせてくれ」

「どうして？」

「……ネタになりそうだから」

俺は長月響と名乗った。彼女は怪訝《けげん》な顔になる。

「え、あの作家の？　ネタってそういうこと？」

「知っているのか？」

「けっこう好きな作家よ。サイン会にだって行ったことがあるわ」

「そうなのか？　覚えていなくて悪い。だけど会ったことがあるなら、信じてくれるだろう？」

女は爪先で少しだけ浮いて、俺の顔を覗き込んできた。

「いいえ。こっちだってロクに覚えてなんかないわ。人って写真と本物じゃ全然違うものよ。行列に並んでやっともらったサインが、蚯蚓《みみず》ののたくったようなものだったのは印象的だったけど」

幼いころペン字を習っていたので、少し心外だった。

「悪いけど、あたしあなたの書いた小説にしか興味ないの。顔だのキャラクターだのは、知らない」

「それは、むしろ作家冥利《みょうり》だな」

「ふ……やっぱり夢じゃない、こんなの。夜空を飛んでたら好きな小説家にたまたま出会うなんて、どれほどの確率よ？　それに長月響が死んだなんて聞いたことない」

「それは……」

俺は流石に口ごもる。これ以上、荒唐無稽な話をしたらややこしくなりそうだ。

しかし彼女は薄く微笑んでくれた。

「まあ、夢なら愉《たの》しめばいいか。あたし、話し相手が欲しくてあなたを生み出してしまったのかも。いいわ、ニセ長月先生。気が向いたら夜空を散歩しておしゃべりしましょう。彼のことを聞いてよ」


それからというもの、俺たちは何度か夜の町をうろつきながら話をした。

あるとき、民家の屋根の上で彼女は語ってくれた。


――夢の世界へ入り込む瞬間はね、背骨が浮き上がる感覚が襲うの。

毎日駅で見かけるあの人に恋したころから、夜中に目を覚ますといつも、あたしは宙に浮いていた。

本能の赴くまま、窓をすり抜けて闇のなかへ舞い上がる。

駅で待っていると、残業帰りらしいあの人が現れた。

夢のなかでは酷《ひど》く自由でいられた。

真昼の世界は、小さな我慢の積み重ねが、あたしをゆるやかに殺していく。

今朝も八時半に出社。朝礼。メールの確認と伝票整理。昼は手弁当。午後は発注作業、経費精算、出張へ行く社員の切符の手配……等々。可もなく不可もなく。好きでも嫌いでもない、作業。生きていくための。

長月先生みたいに打ち込めるものがある人にはわからないでしょう？　本当に、この恋以外なにもないのよ、あたしみたいな人間にはね……。

非常勤は定時で帰ってもなにも言われない。けれど手取りは生活費で綺麗に消えるので、仕事のあとは「生活」以外なにもやることはない。家事だって別に好きではないけれど、汚い家もまずい食事も耐えられないから自分でやるしかないだけ。

この前だってね、いつものようにスーパーに寄って帰るつもりだったのに、帰り際、同い年の同僚に誘われてしまったの。

「助かるよ、急に一人来れなくなっちゃって」

断り切れずに連れていかれたのはお座敷のある居酒屋で、こちらと同じ四人の男性が並んでいた。タイトスカートを伸ばしながら坐ると、ほどなくして席替えが始まった。隣に坐った髭面《ひげづら》の男はあたしの膝を見ながら話しかけてきた。

あの人の掠《かす》れた声とは大違いだった。病葉《わくらば》のこすれるような。あの人はきっと、普段から大きい声など出さないのだと思う。

いつものホームで、老婦人が落とした封筒を拾ったときも、「お」と言いかけて溜め息をつき、黙って前へ回り込んで「落としましたよ」と不機嫌そうに差し出していた。老婦人が大事な病院の紹介状なのよとお礼を言うと、彼はそれを最後まで聞かずにうっとうしげに去っていった。その冷たい横顔が胸に刺さって。

どこにいてもなにをしても、すべてをあの人に結びつけてしまう。

それでもあたしには、新しい華やかな靴を下ろす以外にできることなどなかった。

想って。

想って想って想って想って、想ううちに。

それがすべてになって、あたしは現実をやり過ごすのが上手くなった。

そうしてますます夢が深くなった。

夢のなかでは魔法が使える。息を止めると物をすり抜けたり、空を飛んだりできる。

あの人の家は、同じ駅を使うだけあってなかなか近い。リビングしか知らないけれど、それだけでもあたしのワンルームより広い、２ＬＤＫと思しき、よく片付いた家。

初めて会いにいった日、彼は両腕を広げて迎えてくれたわ。

それから毎日通うようになった。彼はいつもリビングにいた。明かりもつけずにソファにかけて、舟を漕《こ》いでいる。

ゆっくりと後ろからその首へ腕を回す。後頭部が動いて、あたしの頬をざり、と撫ぜた。

「あぁ……いらっしゃい」

彼が顎を上げる。細められたその目と、目が合う。

「君は……夢魔かなにかか？」

畏れるように、待ちわびたように彼は言った。

大きな両手はあたしの頬を包み、透き通った躰が彼のなかへ堕ちていく。


「――他人の恋愛の話なんて、面白い？」

「面白いよ。『外科室』みたいだ。言葉を交わしたことすらないのに両思いだなんて」

「鏡花の？　読んだことないわ、それ」

彼女は地面を蹴って宙に舞い上がった。向かった先はあの男のマンションだ。

「送るよ、暇だから」

電線を渡って彼女のあとを追った。だが頬を薔薇《ばら》色に上気させた彼女にはもう聞こえていない。日に日に盲目になっている……ような気がした。

ソファに座っていた男は、窓辺に彼女が舞い降りるなり立ち上がって駆け寄った。

「もう来てくれないのかと思った」

男は彼女をひしと抱きしめる。

「僕も飛べたらいいのに」

「ごめんなさい、遅くなっちゃって。人と会っていたの」

「人って？」

「『長月響』って作家、知ってる？」

彼は彼女を抱き上げてソファへ戻った。意外なことに、彼も俺の小説を好きだと言った。彼女は共通の話題を見つけたことに驚いて饒舌《じょうぜつ》にはしゃいだ。普段は、睦み合う他になにを話したらいいのかわからないようだったから、嬉しかったのだろう。

まるで恋人同士のようだった。

俺は壁をすり抜けて、まっすぐに帰ろうとした。その時、あることに気づく。

しかし、そのままマンションの外に出て自宅へ帰った。

翌朝、ホームで見下ろした昼間の彼は、真新しい紙のカバーをかけた四六判の本を読んでいた。駅のなかに入っている本屋のロゴだった。女によると彼はよく新書を読んでいた――薄さからしてビジネス書だろう――とのことだったのだが……。

そして、いつものように、二人は同じ車両に乗り込んだ。

女は眩暈《めまい》を起こしたのか、手すりに摑まる。このところ彼女の欠伸はさらに増えていた。毎夜の幽体離脱が、躰に障っているのだろう。

今日の二人は偶然にも隣同士で吊革につかまって立っていた。俺は網棚から首を伸ばし、彼の読んでいるページを覗いてみた。俺の最新刊「夜行少年」だった。横目で覗いていた彼女の顔が強張《こわば》るのがわかった。

「ほらな、夢じゃない」

と、俺は彼女に囁いたが、幽体離脱していないときの彼女には、当然ながら俺の姿は見えない。


だがその夜、彼女に昼間の件を尋ねられた。

「だから、そう言ってるじゃないか。夜の出来事は夢じゃないんだって」

「でも……偶然かもしれない。あの人、ホームで会っても話しかけてくれないもの」

顔色の優れない彼女は言った。日に日にクマが濃くなっていた。

「君だって話しかけられないんだろう？　お互いさまだ。それより、昼間、躰に違和感はないか？」

「話をそらさないでよ」

疲労のせいで頭が廻っていないように見えた。

「これが、本当に現実だったとして……じゃあ夜毎の逢瀬は、いったいなんなの？」

ようやく口を開いたかと思うと、彼女は頭を掻き毟《むし》る。

「だって、あたしが言うのもなんだけど、あの人、正気《しょうき》？　普通、窓からやってくる幽霊のことなんて好きになる？」

俺がなにか言う前に、彼女は瞳に涙の膜を張って言葉を重ねた。

「あぁ、そうじゃない、のよね。あたしに躰がなくて、夜にああやって会うだけだから、あたしたちは……！　あたし、そのうち彼を取り殺したりするんじゃあないの。……そうだわ。それよ。あの人、あたしのせいでおかしくなっているのよ。じゃなきゃ毎日駅ですれ違うだけの相手に、こんなこと……！」

あぁ、なるほど、と得心する。

だから夢だと思っていたのか。彼女は、頑なに。

「そうだ、先生が訊いてきてよ！　あの人がなにを考えているのか、あたしをどう思っているのか」

「それで俺がいい返事を持ってきたところで、君は信じるのか？」

彼女は歯噛みしたが、あと一押しだと思えた。

「なにか約束をしてくるといい。昼間の世界で確かめられる合図を作るんだ」

「合図？」

「そう、端から見るとなんでもない行動で、お互いにしかわからないような」

我ながら面白いやり方だと思った。

「ほんの少しの、勇気さえあればいい。やってみろ」

「どうして、そんなに背中を押そうとするのよ」

「見てみたいからだ」

この物語の結末を。


——あれから二か月が経った。

ベランダの目の前の電線にぶら下がっていた俺は、男のマンションの窓をすり抜け、部屋へ入った。

二人は、すっかり慣れ親しんだ様子で並んでソファに座っている。

「僕も空を飛んでみたかったな」と、彼が彼女に腕を回した。

「いいいい、またやってみようか、幽体離脱……」

「だめよ、もうやらないで」

「でも」と、彼は視線を落として彼女の顎に指を添える。「あんなによかったじゃないか」

耳朶《じだ》をくすぐる囁きに女は肩を震わせた。

うっすらと感じていた違和感の正体がはっきりとわかったのは、彼女が「そのうち自分が彼を取り殺すんじゃないか」と言ったときだ。俺から見れば一目瞭然だったので、彼女の心配は杞憂だとすぐにわかったのだが……。

彼女は彼のことを生身の人間だと思っていたが、彼は「霊が視える人」ではなかった。彼も幽体離脱していたにすぎない。

幽霊同士だから、触れ合うことができていた。

この家は一人暮らしには少し広い２ＬＤＫ。俺は壁をすり抜けて探索するうちに、隣の寝室で彼の躰がベッドの上にあるのを見ていた。

しかし彼はいつも、このベランダに面した居間で彼女を待ち、そのまま夜を明かす。彼女は寝室を見に行くことはなかったようだ。

類のように霊感のある者でも、霊に触れることはそう簡単にはできないはずだ。だから当然気づいているものと思っていた。

彼らは、互いに同じことをしていると。

肉を介さぬ霊同士の目合《まぐわ》い……。

それは、憔悴《しょうすい》しても飽かず求めるほど底のないものだったのだろうか。俺には、知る由もないけれど。

女が言った。

「あなた、『僕も飛べたらいいのに』なんて言っていたでしょう？　あれが紛らわしかったのよ。幽霊だったら飛べると思うじゃない。なのに……」

「飛び方がわからなかったんだよ。幽体離脱をし始めた時は、している自覚もなかったんだから」

俺もそうだったなと思い出す。なかなか気づけないものだ。

「起きているときと同じように、夜な夜な霊になってはベランダから道路を見下ろしてた。いつも君が通る、駅へ向かう道路……」

唇を尖らせていた彼女の頰が緩む。

本当は、毎朝その姿を見てから急いで家を出ていたのだと、男は言った。

「そうしたらある日、夜空から君が降りてきた」

あのあと、彼女は俺の提案を受け入れ、彼との約束を取りつけにいった。そして翌朝、二人はホームで約束通りの所作を交わし、言葉もなく見つめ合い、そして泣き崩れたのだ。俺はそれをベンチに座って眺めていた。

昼の世界でようやく出会いを果たした彼らは、当たり前のように一緒に暮らし始めた。不思議なほど馬が合うようで、時間さえあればいつも一緒に過ごしている。

「躰と霊体を離すのは危ない、って長月先生が言っていたの。あたしたち、あのころは気づいていないだけでずいぶん酷い顔だったらしいじゃない……」

夜の世界に遊ぶことなくしっかり眠るようになると、二人は自分たちの肉体がどれだけ憔悴していたか、やっと気づいた様子だった。

あのまま白昼の世界をないがしろにし続けていたら、どうなっていたか、俺にもわからない。

彼女は、夜の空で出会った俺の話をすべて彼に伝えていた。

彼もまた、自分から見た此度《こたび》の不思議な体験を打ち明けていた。彼も彼女とまったく同じように、すべて片恋の夢だと思っていたという。

恋した女に、夢魔が化けてやってくるのだと……。

それなら吸い尽くされても構わないと。

それ以外、大事なことなどなにもないと。

ちなみに、俺の本は一度も読んだことがなく、彼女が夢で教えてくれたから、あの朝、駅の本屋で買ってみたのだという。

穏やかな沈黙ののち、女は窓の外を見上げた。

「長月先生は、今もこの町にいるのかしら……？」

生身の瞳では、もう俺の姿を視ることは叶わない。

彼はマガジンラックから一冊の小説誌を取り出した。

「本当に長月響の霊だったのか？　今月の連載も、ちゃんと載っているよ」

「遺稿とか？」

「だったら、訃報が載るだろう」

「そうなのよねぇ」

俺は鼻で笑って、家へ帰ろうと立ち上がった。

「不思議……お礼も言えなかったわ」

女の優しい声を背に、俺は独り夜空へ飛び立った。

了

半身

住宅地のなかを、歩いて美蔵堂へ向かっているときのことだった。

すみません、と声が聞こえて、俺は声のしたほうを向く。

民家の玄関前にある塀の陰から、若い女が顔を出していた。

「ちょっと、手を貸してもらえませんか」

女は困ったように言った。俺は目をしばたたく。彼女の顔が自分の膝と同じくらいの高さにあったのだ。地面に這いつくばっているのか、女は塀に手をかけて身を乗り出す。

「転んだ拍子に腰が抜けてしまって……あはは」

「あぁ、はい」

俺はつい返事をして一歩踏み出した。しかし足が止まる。

「視える……んですか？」

女は不思議そうな顔で、どんぐりのような丸い目をぱちくりさせた。

「あの、お願いします。いたた……」

彼女は右手を差し出してきた。

類と同じように、霊感の強い人なのだろうか？　それでも、霊の自分には手を握ることはできない。俺は口ごもる。女は少し眉根を寄せた。

「早く……、お願いします」

「すみません、ちょっと待っていてください。友人を呼んできます」

「そんな、どうして？」

そう思うのはもっともだろう。女は悲痛な顔になる。

「手を、引っ張ってくれるだけでいいんです」

「ええと、その……」

「できるでしょう？　簡単なことですよ」

女はわずかに語気を強める。

急に躰が錆びついたような心地がした。

「手を……引っ張ったところで、立てますか？」

「支えてもらえば、なんとか」と、彼女は笑う。

「そうだ、家の人を呼んでみれば。叫べば聞こえそうだ」

「今誰もいないんです！　お願いします、早く……！」

女はぐっと手を伸ばしてくる。その剣幕にたじろぐ。

俺は横目で家の駐車場を見た。車は二台も停まっていた。女は俺の視線を追って、忌々しげに歯を食いしばった。

いつの間にか辺りは静まり返り、一人の通行人すらいなくなっていた。俺が一歩後ずさると、女は焦ったように声を大きくした。

「いいから、早く来て……」

もはや笑ってはいない。腕の先に見える肩までぐっとこちらに乗りだしてくる。

「這って、玄関まで行けませんか？」

「いえ、手を貸してください」

鎖骨が、胸が、胴体の右半分が見えてくるに従い、なんとも形容のしがたい違和感が加速する。

なんだかデッサンの狂った絵のように見えたのだ。

「少しでいいんです、こっちに来て！」

「…………」

女は顔を歪めた。

「手を……手を貸してよ！」

俺は直感に従って走り出した。

背中に叫びが突き刺さる。

「手を貸せええぇぇぇーーーーっ！」

強く地面を蹴り、空へ舞い上がる。

無我夢中で電柱の先端にしがみつく。

ふっと、厭な緊張が、糸が切れるように消えた。

眼下を見下ろすといつのまにか通行人が戻ってきていた。あの家の近くも、人や車が通り過ぎていく。

塀の陰からはまだ、女が顔を出していた。にょきっ……と蛇が鎌首をもたげるように。両目を大きく見開いて、まっすぐにこちらを見つめている。

その唇が動いた。

——なんだ、お前もか。

遠目には、そう言ったように見えた。

塀の向こうに隠れていた女の左半身と下半身が気になったが、上空から回り込んでみても大きな植木の陰になって、見ることは叶わなかった。

了

虚が呼ぶ

嵯峨野《さがの》を見かけたのは美蔵堂のすぐそばの小径でのことだった。

「本当にそんな店があるの？　呪いのアイテムを売ってるだなんて」

「呪いじゃないよ、『霊つき』、『ゴーストつき』って書いてあったんだ」

「違うの？　それ」

彼の隣にいるのはハロウィンの夜にも会った女性……確か「和高《わだか》」とかいったか。

「店主のみくさんはとてもいい人だったから、悪い物なんか売ってないはずだよ。優しいおばけが憑いていているかも」

そうこうするうちに二人は美蔵堂につき、引き戸を引いた。

「いらっしゃい」と、カウンターにかけた類が視線を上げ「おや」という顔になる。

「こんにちは、また来ました。こっちは大学の友達の和高まりさん」

俺は「店の前でたまたま会っただけだ」と類に向けて補足した。

「ハロウィンの夜は、その……なんと言ったらいいか、おかげで助かった……のかな？」

嵯峨野は事情を話そうとした。しかし類はすでに俺から顚末を聞いているので面倒くさかったのだろう、彼の話を先回りして様々なことを言い当て、さっさと話を終わらせた。

「すごい……どうしてわかったんですか！」

「まぁ、ね」

嵯峨野は目を輝かせていた。一方の和高は怪訝な様子で類を睨む。だが類がぽつりと「和高さん。君が食べたお菓子のことは言わないから安心してくれ」と言うと、ぎょっとしたような顔で黙り込んでしまった。

「今日はお礼を言いにあがったんですが、お店もまた見たくなって来たんです。あのときは偶然迷い込んだから全然知らなかったのですが、美蔵堂はその筋では有名なお店だと知って……」

「そうなの？」

当の類に訊き返され、嵯峨野は力説した。

「ネットに書いてましたよ。この町の名前と『美蔵堂』で検索したら、古い個人サイトから、SNS上の噂まで、何件かヒットして……『幽霊のついた物で困っていたら、ここへ持っていくといい』っていう書き込みも……！」

類は腕を組んで唸った。

「言われてみれば、常連さんから聞いたことがあるかも……。ここ数年、一見《いちげん》さんが霊つきの物を持ってくることが増えてね……最近だと血文字を書く万年筆とか。どこで知ったんだろうと思っていたら……そういうことか」

それから、嵯峨野たちは店のなかを見て回った。俺は類のそばのソファに腰かけ、若い二人を見ていた。

「相変わらずの好青年だな」

「そうかな？」

類はなにげない様子で答える。俺がその意味を訊き返そうとしたとき、暗がりから嵯峨野の無邪気な歓声が聞こえた。

「砂時計だ。おしゃれだなぁ……！」

彼が手にしていたのは、白い砂の入った砂時計だった。シンプルな細長い形状で、木製の枠がついている。天地にかかる丸い板を繋ぐ三本の柱の、らせん状の飾り彫りが美しい。高さは二十センチ弱、かなり大きい。

「十五分くらいですかね？」

嵯峨野が両手で大切そうにそれを持ち、振り返る。

「当たり。まあ、勘でわかるか。砂時計はおおよそ、三十秒、一分、三分、五分、十五分……と切りのいい時間でできているものだからね」

「いいですね。ちょうどこんなのを探してたんです」

　嵯峨野は時計をひっくり返して棚に戻した。さらさらと絹糸のように砂が落ちていく。和高が小首をかしげた。

「十五分なんて、なにに使うの？」

「『十五分で五百字』……」

　嵯峨野は得意げな顔で答えた。

「この前、通っているカルチャースクールの先生に教わったんだけどね、ライティングを上達させるにはまず〝速さ〟を身につけることが重要らしいんだ。内容はその次。一度だらだら書く癖をつけてしまうとダメ。速さはあとからは身につけられない。『まずは時間内に終わらせる力をつけろ』、って」

「ライティング？　そっか嵯峨野くん本も出してるもんね！」

　彼ははにかんだように頷く。

「うん……上達したいんだよね、少しでも」

「謙虚だなぁ、嵯峨野くんは天才なのに！」

「天才なんかじゃ、ないよ」

「天才だよ。前の本、面白かったもん。もう練習なんかする必要ないじゃない。嵯峨野くんは天が二物も三物も与えた天才です。私が保証するっ！」

和高は可愛らしく笑った。大抵の男子学生ならば、この人懐っこい笑顔で落ちてしまうのではないか。しかし、さすがに嵯峨野は女性に慣れているのか控えめに微笑むのみだった。

類は腕を組み、どこか斜に構えて二人のやりとりを見ていたが、やがて口を開いた。

「それはヴィンテージ。まだ百年も経っていない比較的新しい代物だけど、君よりは何倍も年上だ。国産で木枠はチーク材、なかの砂はごく普通の珪砂《けいさ》。古さを感じるところというと硝子が特徴だね。現代の工業製品と違って手作りらしい歪みがある。そこの引き戸の硝子みたいに」

二人は言われて初めて気づいたのか、戸口に近づいて気泡の入った厚みの不揃いな硝子を眺めた。

そして類はおかしそうに笑う。

「ちなみにおばけは憑いていないから、お値打ち品だ」

「……おいくらですか？」

嵯峨野はしばらく悩んだ末に「カフェのバイトを増やす」と言って、砂時計を買っていった。二人が店から去ったあとも、俺は引き戸の硝子から、歪んだ二人の背中を眺めていた。

「……気になる？」

類がぽつりと言った。図星だったので、どことなく後ろめたさを覚えた。

「なんとなく……な。今時珍しいくらい、素直で明るい青年だから」

逆に気が合いそうな気がする、もし俺が生きていたのなら。

そんな言葉が浮かんだが、口にすることは憚られた。

「彼が、以前『導かれた』と言っていたのは、当たっているのかもしれないね」


嵯峨野が通っているという大学の構内へ飛んでいくと、彼はすぐに見つかった。学食で数人の男女に囲まれて食事をしていた。どの子も垢抜《あかぬ》けていて、笑うのが上手だった。俺は近くの席に腰かけて眺めてみる。

もし自分が生きていて彼らと同年代だとしても、この輪のなかには入りたくない。だが別に嫌いではないし、興味がないわけでもない。彼らがどんな物語と設定を背負い、どういうふうに生きているのかは少し気になる。

午後の授業が終わると、嵯峨野は自習室へ行ってノートパソコンを開いた。彼が一番乗りで、部屋には誰もいなかった。窓際の席へかけた彼は、リュックのなかからケースに仕舞った砂時計を取り出した。もちろん元からついているケースではない。ちょうどいい大きさのものを見繕ったのだろう。

先の友人たちとの会話から、彼が自宅では集中できないタイプなのを知った。だが、持ち運ぶようなものでもないだろうに。スマホのアラームを使えばいい……。そう思ったが、嵯峨野はスマホの電源を切っておもむろに腕まくりをした。

「よし」

そうして彼は写真のファイルを見ながら、エッセイらしき文章を打ち始めたのである。

ふっと柔らかな笑いが込み上げる。最初はみんなそんなものだろう。

「がんばれよ……」

自販機の上に横になって呟くと、嵯峨野はちょっと視線を上げ、辺りを見まわして、パソコンに戻った。

砂時計がすべて落ちると、彼はすぐに気づいてひっくり返す。そのたびに、時間と文字数を律儀にメモしている。

ドア一枚隔てた廊下からは、愉しげな笑い声と共に過ぎゆく複数人の靴音が聞こえていた。集中力がそがれるのか、彼の指はたびたび止まる。

「あははははっ！」

女子学生たちのはしゃぐ声。陽は傾きかけ、部屋のなかは淡いオレンジに染まっている。嵯峨野は目頭を揉んで胸を反らした。俺も、うとうとしかけていた。

「あはははっ！」

ドアの前からなおも声がした。

しかし足音はしない。一本調子な声が気になったのか、嵯峨野はドアを見やる。

「あははははっ！　あはははははっ！」

ドアに嵌った磨《す》り硝子越しに、誰かが立っているのが見えた。

ぼやけた顔は白く、開いた口が真っ赤に揺らぐ。長い黒髪、そして白い服……モザイクをかけたような細い姿は、女性のように見えた。しかし口が妙に大きく……。

「え……」と嵯峨野が腰を浮かせる。パソコンの光から離れたことで、すっかり室内が薄暗くなっていることに気づいたようだった。

彼は恐る恐る、ドアへ近づいた。

「行くな」

思わず口にすると、彼は肩をびくりとはねさせて辺りを見回した。

ん……？

直後、ふっと室内の空気が緩んで、ドアの向こうの人影も消えた。

嵯峨野は席に戻りパソコンを閉じる。スマホで誰かへ電話をかけ「ちょ、ごめん。今変なことあって……しばらく繋いでていい？　うん、うん……」などと言い、おろおろしていた。

そのまましばらく壁にもたれ、心を落ち着かせていた様子の嵯峨野だったが、やがて通話を終えた。

俺はそのとき、砂時計の砂が全部落ちていたことに気がつく。

珪砂のなかにはごま塩のように黒い砂が混じっていた。嵯峨野が呟く。

「さっきの……声は……？」

俺は、「おい」と呼びかけてみた。

しかし今度は聞こえなかったようで、彼は不思議そうに、さっき俺がいた自販機の上の辺りを見回していた。


「え？　あの砂時計にはなにも憑いていなかったよ」

夜、美蔵堂の二階にある類の住まいで事の次第を話すと、彼は心外そうに返した。

「じゃあ、あれはなんだったんだ？　本当になんの霊も、呪いも、ないのか？」

類は記憶を探るように目をつむり「絶対ない」と答えた。

「そんなもの、霊感も覚悟もない相手に、説明なしに売ったりしないよ。誓って」

「あの砂時計を回したから、おかしなものが現れたんじゃないのか？　だって……〝砂が落ちているあいだは俺の声が聞こえた〟ようだった」

そして、砂がぽつぽつと黒くなってしまったのだ。

これでも怪現象と砂時計が無関係だと言えるのだろうか。

「可能性をあげるとするなら……」

類は脚を組み替えて前置きをした。

「彼の手に渡ったあとに、なにかが憑いた、とか」

「はぁ?」

「『彼が呼んだ』とも言う。呼び寄せやすい原因が彼自身にあるのかもしれないよ。普段は平気でもね、あの砂時計を通してそれが集まってしまった、というのは有り得る。ほら、映画館でもあっただろう、壊れた物や汚れた物には変なものが集まりやすい。旧い物にもそういう側面があるんだ。もっとも大事にされている旧い物には、それ以上にいいものが集まるから、とても同列には語れないのだけれど。あの砂時計、この店に置いてあったときはなにも起きたことはなかったんだ。嵯峨野くんが手に取ったことによる相乗効果だとすれば筋は通る。ハロウィンの夜のことだって、きっと僕のせいだけじゃなかったんだ」

「嵯峨野に原因って……お前に霊感があるみたいに、あいつもそういう体質ってことか?」

「いや、『呼び寄せ体質』の人もいるにはいるが、そういう人は僕なら見ればわかる。彼はそれとは違う」

「じゃあ、なんなんだよ?」

類は複雑な顔で目蓋《まぶた》を伏せた。

「あまり、深く考えなくてもいいんじゃないかな……」

らしくない。なんとも歯切れが悪い。

おかしなものを呼び寄せる。

そんな人ならば、以前にも見た気がする。

「あ……のときの、霊感少女……」

〝嘘〟。

嘘もまた、おかしなものを呼び寄せる……らしい。

「いや、嵯峨野がああいう意味のない嘘をむやみにつくとは思えないんだが……」

類は両手を組んで、手の甲に顎を乗せ目をつむっていた。

「意味のある、嘘でもね……」

「え？」

――大きくなりすぎると危ない。

類はごく小さな声でそう言った。

……ように聞こえた。

そしてそれ以上はなにも言わず、夕飯を食べに出かけていってしまった。

了

地縛霊

その子供はコンビニの駐車場の車止めのブロックにべったりと腰かけていた。

朝も昼も夜も。同じ服で。

なので、そのコンビニの前を通るときはなるべく近寄らないようにしていたのだが、ある日、子供のほうから走って近寄ってきたのだ。

「ねぇピザまんー、ピザまん買ってきてー」

幼稚園児くらいの男の子だった。血の気の失せた白い顔、紫色の唇、無数の擦《す》り傷から血を流し、右腕は骨折したのか大きく腫れているが、痛みはまるで感じていないようだった。

彼は俺の服の裾を摑んで、コンビニを指差す。

「お願いぃ〜」

「……どうして？」

「お母さんに、プレゼントするつもりだったの。ちょきんしたから」

彼は首から下げた小銭入れをじゃらじゃらと鳴らしながら言った。

この少年は自分の死を理解していた。

「お母さんはね、いつも夜遅くまで働いてんだ。うちはお父さんがいなくて、俺は春から一年生になるから、託児所じゃなくて家で一人で留守番できるんだよ」

レンくんはよく喋る子供だった。

俺にもコンビニで買い物はできないのだと伝えると、「じゃあ『いせのでいち！』やろう」と言われたので遊んであげることにした。

ずいぶんと人懐っこい。擦り傷だらけの笑顔を見ていると、胸が締めつけられる。

「なぁ、その怪我は？」

水を差されたのが嫌だったのか、彼は唇を引き結んで目を逸らした。

「車にでも轢《ひ》かれた？」

「……うん」

「そうか……痛かったな。あぁ、ちなみに俺は……海で死んだらしい」

「それよりね。お母さん、近所のお母さんたちのなかで一番若くて綺麗なんだよ。めちゃくちゃ優しくて、よくぎゅーってしてくれて、うちは貧乏だからゲームは買えないけど、出かけるといつもお菓子買ってきてくれて……」

少年は膝を抱えた。

「うちに、帰りたかったなぁ……」

「とりあえず、帰ってみたらどうだ。家の場所は？」

「だめだよ。お母さん誕生日だったから。プレゼントなしじゃ帰れない」

「でも、君ずっとここにいたよな？　ってことは誕生日はもう過ぎてるんじゃ」

そう言うと、レンは両目に涙を溜めた。

「だめ。やだ！」

彼は走り出し、コンビニの前に置かれたコインロッカーを突っ切って、まっすぐに店へ入っていった。レジ前で背伸びをし、什器《じゅうき》に手を突っ込んでピザまんをとろうとする。もちろん触れはしない。

レンはその場にひっくり返ってべそをかき始めた。店内放送の音に、じじ、とノイズが混じり、店員が上を向く。俺は溜め息をついて、両の二の腕を摑み立ち上がらせた。

「ピザまんじゃなくてもいいんじゃないか」

数分後、俺たちは近くの公園で地面に埋まったタイヤの遊具に座っていた。

「お母さんはピザまんが好きなんだ。二番目は野菜ジュース、三番はのり弁」

「そうなのか」

「仕事帰りにいつも食べてるもん。俺、いつか料理できるようになったら作ってあげるんだ」

俺は複雑な思いで黙っていた。

「でも……お兄さんの言う通り、買えないし触れない。ねぇ、別のプレゼントってなにがいいの？」

腕を組んで頭をひねる。

「そうだ、俺の家のパソコンからなら、生きている人に電話ができる。おめでとうって言ってあげるのはどうだ？」

「知らない人の家に行っちゃだめなんだよ」

「………………」

「それにお母さんの番号知らない」

と、そこへ見慣れた姿が公園の外に現れた。

栗皮色の頭と、白いシャツにサスペンダーという出で立ちが非常に目立つ。

「類！」と呼ぶと彼は悠然とした足取りで公園へ入ってきた。ちょうど昼どきだから、例の喫茶店にでも行くところだったのだろう。レンのことは一瞥しただけで危険な存在ではないとわかったようだった。

いきさつを説明すると、類は小さな溜め息をついた。

「歌でも歌ったら？　聞こえるかもよ」

レンは俺を自宅のマンションに案内してくれた。知らない人でも「招く」のは問題ないらしい。十二階建ての白い建物、ベランダの並びを見るに、ファミリー向けの物件ではなさそうだった。シングル向けの部屋だろう。

七階に上がり、「ここだよ」とレンが示した部屋に入ろうとしたところで、隣の角部屋のドアが開いた。「あ」とレンが俺の後ろに隠れる。

俺も驚いて固まった。

出てきたのは嵯峨野だった。彼は鍵を閉めて出かけていった。

「い、今の人は……？」

「隣の大学生……」

偶然、らしかった。

——なにかに導かれたみたいだ。僕、ここすごく気に入りました。

——導かれた、か……。そうかもしれないね。

これもそうなのだろうか。

レンは俺の驚きようを不思議に思ったのか、おずおずと言った。

「有名人なんだって。あ、お兄さんもそれで驚いたの？　でもね……」

「でも？」

「しつこいから、やだ」

「しつこいって……」

「俺が一人でエントランスにいると『大丈夫？』って。毎回毎回、しつこい」

「それは……」

「それに部屋にいるときうろうろするんだ」

レンはドアをすり抜けて自宅へ入っていった。なかは酷い散らかりようだった。1LDKの部屋にはごみや服が散乱し、足の踏み場もない。まるでだらしない少女の部屋みたいだった。レンの物らしき服やおもちゃは隅に寄せられている。その狭い一画が、彼のスペースらしかった。

レンは母が帰ってくるまで歌の練習をした。

「お兄ちゃんは誕生日は何月？」

「二月だよ」

「きさらぎ、だ」

「よく知ってるな」

「お母さんの推しがね『さつきくん』っていうの。五月生まれ。でさ、だからさ、お母さんも、お兄ちゃんも誕生日が遠いから、やっぱり誕生日の歌は変だ。他のにしよう」

少年は母がよく動画サイトで聞いているという歌を、元気に何度も歌った。

子供は突拍子もないことばかりする。少々疲れてはきたが、無為な時間とは思わなかった。次の〆切はまだ大丈夫だし、どうなるか見届けていっても問題はない。

夜が更ける。電気はつけられないので室内は暗い。

隣の部屋から嵯峨野が帰ってきたらしい音が聞こえた。

そして、突然、騒音が聞こえてきた。

――あははははははっ！

聞き覚えのある女の笑い声だった。レンは「まただ」と耳を塞ぐ。

「あいつ、まだあれにつきまとわれて……？」

大学の自習室で見たモザイクのかかったような姿を思い出す。レンは躰を丸めてうずくまった。

俺は壁に手をかけ言った。

「俺が見てくる。待ってろ」

壁をすり抜けると、笑い声が明瞭に聞こえた。嵯峨野は机に向かってじっと目をつむっていた。

傍らにはあの砂時計がある。なかの砂は半分以上が黒く染まっていた。

さらさら、さらさらと落ちていく。

「あははははっ！　あははははっ！」

甲高い女の声は、向かいの壁の先から聞こえていた。

しかし、ここは角部屋だ。壁の向こうにはなにもない……。

嵯峨野がなにか言った。

「もう一度……お願い、もう一度……」

彼は両腕を抱きしめて、椅子の上で立てた膝に顔を埋める。

女の笑い声には、背を向けていた。

「あのとき確かに聞こえたんだ――」

「………」

俺は、その場に立ち尽くす。じわじわと心臓の鼓動が高鳴っていくのを感じた。

だが、なぜ……？

レンの部屋から大きな物音が聞こえた。今度はあっちの部屋に誰かが帰ってきたようだった。母親か。俺は壁をすり抜けて戻ることにした。

玄関から女が電気を点けながら入ってきた。黒い根元の伸びきったダークブラウンのボブヘアから煙草の匂いがした。流行の形だがどこか安っぽいシャツを着た、まだ二十代前半と思しき、あどけなさの残る風貌だ。彼女は疲れ切った顔で、女の笑い声が聞こえる隣の部屋をいまいましげに睨む。

だがレンは戻ってきた俺と母親を交互に見て、「やるぞ」と決意した顔になる。

ローテーブルにコンビニの袋を置いて座った女の傍らに、レンが立つ。そして大きく息を吸うと、練習した歌をそうっと歌いだした。

母親はびくりと肩を竦《すく》めた。隣からは女の笑い声が響き続けている。

「え……レン……？」

彼女は怯えた様子で辺りを窺う。

「ああ、やだ……！　やめろ！　黙れよっ……！」

女はテーブルの上に積み重なっていたものを一気に払いのけた。袋に入った弁当も化粧品も散らばり、激しい音を立てる。

「お前が悪いんだろうがっ！」

そのとき、隣の部屋の笑い声がぶつりとやんだ。

「ぴたり」ではなく、「ぶつり」と……。「声が収まった」のではない。

「突然聞こえなくなった」ようなやみ方だった。

レンは静かになったのを幸いと、ぼそぼそとまた歌いだしたのだが、母親は溜め息をついて「収まった……」と溜め息をついた。

そういうことか。

隣の部屋で「砂が落ちきった」のだろう。

壁に頭を突っ込んで確かめると、案の定だった。

あの砂時計は、砂が流れているあいだ霊の存在を感じやすくさせるのだ。

嵯峨野もいいかげん気づいているはずだ。

なのに、なぜ手放さないのか……？

考えていると気分が悪くなってきた。頭に靄《もや》がかかったかのように。

女はなおも悪態をつき、レンの歌声は哀しげに萎んでいった。

「くそ、くそ……私悪くないもん……」

俺は嵯峨野のことを一旦頭から打ち消す。今はレンのほうが気がかりだった。

この部屋には、あるべきものがない。

一連の出来事からも、間違いないと思った。

数日後、あのコンビニの前のコインロッカーから五歳の男児の遺体が発見された。一番大きなサイズの場所に、手足を折り曲げスポーツバッグに入れられた状態で入っていたという。

美蔵堂の二階で動画サイトのニュースを見ていると、類が音量を上げてくれた。

「いつ気づいたの？　交通事故じゃないって」

「最初から、少し変だとは思っていた」

俺は暗い心持ちで自分の腕を伸ばして眺めた。

「『一番強いセルフイメージ』……」

昔、類が教えてくれた。

「それがあの子の姿だったとしたら。あの怪我は普段からのものなんじゃないかと思ったんだ。もちろん衝撃的な死に方をしていたらそのイメージは強く残るだろうし、確信は持てなかったが」

類は静かに聞いてくれた。

「それに……あの部屋、遺影も仏壇もなかったんだよ。だから、まだ生死が明らかになっていないんだと思った。交通事故でそれは可能性が低いだろう。あの子は怪我のことを訊かれると、いつも嘘をついて母親を庇《かば》っていたんだと思う。だから心配してくれる嵯峨野のことも、疎《うと》ましがった」

逮捕された母親が仏頂面《ぶっちょうづら》で連行される様子が、マンションをバックに大写しになった。だから置いてきたと供述していたという。

車で出かけた先で息子がうるさいので、躾として手を上げたら動かなくなった。だから置いてきたと供述しているという。

俺はいてもたってもいられず窓辺から飛び立とうとした。

「響さん！」

類が、珍しく大きな声を出した。

「……ちゃんと、帰ってくるんだよ」

「心配ない。俺だって自分のほうがかわいい」

俺は冷たく固まった想いを抱えて飛んでいった。


レンの家だった一室へ入ると、ずんと圧力が頭頂と両肩にかかった。昼間にしては妙に薄暗い。

部屋の隅では、ヘドロのようなものが床にこびりついていた。大きめのバケツ一杯分くらいの体積だ。

それは歌っていた。

か細い声で、途切れ途切れに。

「ここに居座っても母親は帰ってこないぞ……」

ヘドロのなかから、顔が浮かび上がった。

真っ黒に落ちくぼんだ目と口がこちらを向く。

「彼女をニュースで見た。とても反省していたよ」

ヘドロに浮かんだ顔は無反応のまま、こちらを見ている。

俺は一か八かで口にした。

「きっと死刑になるから、空で待っていてあげろ」

嘘だ。どうせ数年で出てくる。

そしてレンのことなど……忘れて生きるだろう。

黒々と渦巻く双眸《そうぼう》から真っ赤な涙がこぼれてきた。歌は止まない。

これ以上は無理かと、あとじさる。

しかし、ヘドロはむろむろと人型に固まっていった。真っ黒な躰はすうっと透けて、だんだん見えなくなった。

ふっと重圧が消える。部屋のなかも、心なしか明るくなった気がした。

あまりにもあっさりした別れだった。

次に、壁をすり抜けて嵯峨野の部屋へ入った。

大学へ行っているかと思いきや、彼はまたも机に向かっていた。そして、無表情で砂時計をひっくり返す。

ことん。

炭粉のような砂が落ち、女の笑い声が聞こえてきた。彼はぎゅっと目をつむる。

彼は、なにかを待っている。

それがなにかはわからない……。

急に頭痛がしてきた。

ともかく、彼もこのままでは危険だろう。

俺は彼の後ろに忍び寄り、彼が砂時計を持ち上げた瞬間、耳元でわっ、と大声を出した。

嵯峨野は手を滑らせ、砂時計は小気味のいい音を立てて床に落ち、割れた。

「あ……」

彼は椅子からずり落ち、震える指で砂に触れた。

頭痛が激しくなり、俺はその場にいられないような気がして、宙へ舞い上がる。

俺は、なにを……？

だが他にどうすべきだったのか……？

わからない。


その夜は大雨が街を洗い、明け方に止んだ。

雲間からヤコブの梯子《はしご》が降っていて、こんなものは偶然に過ぎないとわかっていながらも、俺はその光を見つめずにはいられなかった。

了

誰がおかしい？

真冬の幽霊はすぐにわかる。

とても薄着だからだ。コートを着た幽霊というのも当然いるが、冬に夏服姿で鳥肌も立てていない者がいたのならば、十中八九この世のものではない。

朝晩はもう肌寒い、けれどコートを着るほどではない、そんな九月の終わり。

無人駅のホームの待合室に揃った三人は、異様だった。


「開かない……開かない……開かないぃぃぃ……」

外へ通じる引き戸に両手をかける白い服の女を、俺は待合室の長椅子にあぐらをかきながら眺めていた。歳は二十代後半くらいか。なんの飾りもない真っ白な長袖のマキシワンピースに、足元は地味な白いパンプス。だが履いているのは右足だけで、左は裸足だった。

「どうして……どうして……」

長椅子の上で土足のまま膝を抱えてぶつぶつ言っているのは、タンクトップ姿の若い男だ。下は寒そうな膝丈のハーフパンツで、草鞋《わらじ》を履いている。

そして三人目は、微動だにせず座っていた。さっきから一言も、喋っていない。つばのある帽子を目深にかぶり、サングラスをかけ、マスクをし、長袖のゆったりとしたタートルネックを着ている。それだけでも異様なのに、特筆すべきは包帯だ。首も手足も包帯でぐるぐる巻きにされているのだ。一切の露出がない。体格は小柄な男にも見えるし、大柄な女にも見える。年齢も当然わからないが、帽子の隙間から見える短髪は黒々としていた。

窓の外は墨を流したような漆黒だ。外の照明が窓に反射している。狭い待合室には引き戸の出入口が一つ。壁際には向かい合うように作り付けの長椅子が設置されている。

線路側の椅子のまんなかに包帯。右端、出入口の近くに夏服男。その向かい、改札側の椅子の端に白服女という位置で座っていたのだが、今、夏服男と白服女は引き戸を開けようと奮闘している。

そして、女の座っていた椅子の対極、改札側の椅子の端であぐらをかいているのが俺だ。

女が諦めて床に座り込む。夏服男は引き戸を蹴飛ばしたが、大きな音が虚しく響くだけだった。包帯も立ち上がって窓硝子を殴ったが、不思議なことに音がせず、割れることはなかった。

今日は、気まぐれで日本海まで遠出をしてみたのだ。帰り道で飛び疲れて野宿をしようとここへ入ったら、いつのまにかうつらうつらしていて、目を覚ましたら、この奇妙な三人がいたのだ。

そのうえ俺は飛べなくなっていた。壁に手を伸ばしても、すり抜けることもできなくなっていた。

時刻はちょうど夜中の一時。終電はもう出ている。

厭な気配がしていた。霊とまみえたときに感じる、ぞわっとする独特の感覚だ。

だが……誰から発されているのか、わからない。

「入ってきたときは、鍵なんてかかっていなかったですよね……」

白服女が陰気な声で言った。

包帯が頷いた。夏服男も「普通に入れたっす」と呟いた。若者らしい口調だった。

「私が入ってきたときはもちろん、あなたが」と白服女は包帯のことを揃えた指先で示し、「そのあとに、あなたが」と夏服男を示した。

「そこから、開かなくなったんですよ？」

「俺が壊したって、言いたいんですか？」

「そ、そういうわけじゃ……」

三人はさっきと同じ位置に座り直して黙った。待合室の外は静まり返っている。始発の時間になるまで、誰かが助けにきてくれることはなさそうだ。

「スマホで助け、呼べませんか？」

夏服男が言ったが、二人は黙っていた。

「俺、失くしちゃったみたいで。飲み会の帰りで酔ってたからか」

「私も……持ってません」

「え？　嘘？　じゃあ……」

二人は包帯を見た。包帯は首を横に振った。

俺は歯を食いしばる。三人とも持っていないなんて、今日び有り得るだろうか。

しかし、三人を代わる代わるじっと見てもなにもわからない。

「おかしくないですか？　なんで誰も持ってないの」

「だから失くしたんだって。ていうかあんたが言うなよ」

「私は、昨日解約したから……」

「なんだそりゃ」

夏服男のつぶやきは、疑問ではなく恐怖と呆れの入り交じったものだった。

「つか、二人はなんでこんなとこに？」

長い沈黙のあと、女は「一人旅です」と答えた。とてもそんな格好には見えなかった。

鞄《かばん》ひとつ持っていないのだ。

夏服男が包帯に言った。

「あんた、喋れないのか？」

包帯は首を横に振った。

「じゃあなんで喋らないの？」

包帯は無反応だった。

それから、再び長い沈黙が流れた。

三人とも警戒しながら互いの様子を窺っていた。

包帯が吐息を漏らす。ゆっくりと、向かいの壁の上を指差した。時計のある場所だ。

時刻は三時を回っていた。最初こそパニックになりかけたが、二時間、なにごともなく過ぎたわけだ。明るくなるまで待てば、いつかは人が来るはずだ。

だが、白服女が眉根を寄せて言った。

「それがなに？　なんで、喋らないの……？　怖いよ……！」

気弱に見えた女は、神経をすり減らしてしまったのか早口で言った。

「おかしい、おかしい……！　ねぇ、あなた寒くないの？　そんな格好で」

「はぁ？　なに言ってんだお前」

女が夏服男を睨み、ついで包帯を指差す。

「あなたは暑くないわけ？　変でしょ、あなたたち。もしかして……幽霊？」

辺りはしんと静まり返った。

「あぁ、私を殺すの……？　呪い殺すんだ、殺すんだ、殺すんだ……！」

女は自分をきつく抱きしめる。その剣幕に夏服男はたじろぐ。

「あんたのその真っ白い服のほうが『見るからに』って感じじゃないか……しかもこんなところで裸足って……」

「それは……！　さっき、海沿いで知らない男たちに無理やり車に乗せられそうになって、走って逃げたとき、脱げたの」

「それでこんなところに？　警察行けよ！　いや、待てよ……」

夏服男は引きつった顔で言った。

「あんた、それで死んだんじゃないの？」

「は……？」

包帯も顔を上げた。サングラス越しの視線が女に注がれているような気がした。

「なんで海にいたのか知らないけどさ。本当は逃げきれなくてもう死んでて……でも帰りたくて幽霊になってここへ来て、それでたまたま居合わせた俺たちを閉じ込めて、道連れにしようと……」

「どうして私がそんなこと……！」

女は泣きそうな声で言った。だが、力なく肩を落とす。

「あ、れ……？　私……死んじゃったのかな……？」

その様子に夏服男は狼狽《うろた》えた。

「本当に……死んで……？」

声が慄《ふる》えている。

だが白服女は頭を振って、考え直したように包帯をゆっくりと指差した。

「いや、待ってよ。どう考えてもこの人が一番怪しいでしょ……？　いい加減、なにか言ってくださいよ。顔、見せてください」

夏服男もそう言われると、さっきから人間らしさを見せている白服女より、包帯のほうが怪しいと思ったのか、じっと彼をねめつけた。

女は傍らにあった消火器を摑んだ。緊張が走る。包帯は溜め息をついた。

「顔は見せられない」

マスクの下が微かに動いた。

男の声だった。二人は硬直する。

「だが……」男が、こちらを向いた。

「もう一人、い、いる、ここには」

俺はぎょっとして息を止めた。二人の目が包帯男の視線を追う。

三人の視線に晒されて、喉が急速に渇いていくような心地がした。

「お前、俺が視えるのか？」

尋ねるが、包帯男は答えない。

「いるって、なにが？」と夏服男がおっかなびっくり訊く。

俺は包帯男を向いて強く言った。

「おい……答えろ。断じて俺のせいじゃ……」

「わからない」

包帯男は俺の声にかぶせるように言った。

白服女が静かに言う。

「その、四人目……が、私たちを閉じ込めているんですか？」

「わからない」

「なんだよそれ。ちゃんと説明しろ」

どうやら包帯男には類ほどではないが、霊感があるらしかった。類の祖父と同じ程度、だろうか。

「ったく、どういうことなんだよぉ……」

夏服男がうなだれ、包帯男がぼそりと言った。

「とにかく、夜明けを待とう」

全員、座り直すしかなかった。誰も、眠ったりはしない。

永遠にも思える沈黙のあと、夏服男が急に立ち上がった。

時計を見上げ、次に窓の外を見る。何度か見比べた。

「なぁ……やっぱ、おかしいよ」

彼は青ざめた顔で喘う。

「外、見てみろ……」

全員が言われた通りに視線を移す。

「もう四時半なのに、真っ暗だ……！」

全員が固まる。

そのときだった。

夏服男が、突然口元を押さえた。

「う、ううっ……！」

彼は突然、躰をくの字に曲げて、吐いた。

びちゃびちゃと、コンクリートの床を叩く音と、胃液の匂いが充満した。

包帯男と、悲鳴を上げた白服女が出口付近へ走って身を寄せ合う。

「あぁ……気持ち悪……飲み、過ぎた……あづぇ……寒……」

――まだ夏なのに。

と、夏服男は言った。

ずるずると躰を横にした男の顔が、みるみる赤くなっていく。呼吸が荒くなり、小刻みに震えだした。

「あ、あぁぁ……」

白服女が口元を押さえる。夏服男は苦しみながら、だんだんと悟っていったのか、うわごとのように言った。

「お……俺、だ。俺だった……！　夏に……ここで……うぇあぁおぇぇ……げほっ、待って……待、て……一人に、しないで……」

包帯男は力いっぱい引き戸を開こうとする。しかし引っかかるような音すらせず、世界が止まっているかのように、出口は開かないままだ。

夏服男は苦しみ続ける。彼は俺が視えるようになったのか、俺を見上げてきた。

「うあぁぁ、誰……誰だ、よ……うぉぇぇ……助け……」

俺はそのとき、時計が四時半から一秒も動いていないことに気がついた。

彼の死んだ時刻で止まっているのだろう。

白服女が頭を抱えて蹲《うずくま》る。

「やだ、やだ……ごめんなさい。もう……死ぬなんて……！」

包帯男は引き戸を蹴り続ける。

――その混乱を打ち破るように、突然引き戸が一気に開いた。

光が射しこみ、眩しさにきつく目をつむる。

「行かないで……」という男の声が遠くから聞こえて……。

目を開けると薄明のなかで駅員が二人、立っていた。

包帯男と白服女は驚きののち、安堵の表情を浮かべた。

室内を振り返ると、夏服男は消えていた。駅員たちは険しい顔をしている。

時計の指す時刻は、五時四十分を過ぎたころ。これが正しい現在時刻だろう。

九月の日の出の時間。

一歩外に出ると躰が軽くなり、いつものように飛ぶことができた。

が、跨線橋から次々に降りてくる紺色の制服姿にぎょっとする。

彼らは包帯男を取り囲み、手錠をかけた。白服女が声も出せずに固まる。警察が外させたサングラスとマスクの下には特徴的ないぼがあり、包帯の下にはびっしりと刺青があった。

警察が無線で伝えた言葉によると、彼は逃走中の指名手配犯だという。容疑は連続殺人。

包帯男は、こちらを振り返ることなく不敵な笑みを浮かべて連行されていった。

そして白服女が保護されながら改札をくぐったとき、道路から二十代前半くらいの若い女が駆け寄ってきた。

「お姉ちゃん！　やっと見つけた……！」

白服女は目を逸らす。しかし妹らしき女は彼女に抱きついて、泣き始めた。

「やめて……やめてよ……」

「こっちのセリフだよ……そんな格好で……真夜中に海なんて……」

妹の手のなかには、くしゃくしゃに握りつぶした手紙があった。

近づいて見えるところを読むと、遺書だった。

「なにがあったか知らないけど、どうして話してくれなかったの」

白服女はしおらしく下を向いて、妹に手を引かれタクシーに乗って帰っていった。

俺は駅前に立ち尽くし、通勤や通学の乗客たちにすり抜けられていく。

「は……ははは……」

乾いた笑いが湧いた。

──と、いうことがあったんだ。

美蔵堂の二階、類の居室でベッドに入った彼に語りかけていた。

「捕まってよかったし、死ななくてよかった……だが、問題はそのあとでな」

「このうえ、まだ問題が起きたの？」

ソファに仰向けになった俺は、少しためらいながら口を開く。

「どっちについていいか迷っているうちに、両方見失ったんだ」

「は？」

「だから……その後の顚末《てんまつ》が気になって彼らを観察しに行きたかったんだが、逃してしまったんだ。不謹慎だと思われるかもしれないが、ジャーナリストのような気持ちになってな」

「…………」

「包帯男が犯したのはどんな犯罪だったのか、警察ではどんなことがなされ、どう裁かれるのか。彼には霊感もあったみたいだし、気になる。あるいはあの女はなぜ死のうとしていたのか。白い衣装に身を包み、あんなに身軽な格好で、清らかに死へ向かいたかったのか……。だが、海辺で暴漢に襲われて逃げてきたという話から、死ぬのが恐くなったと見える。夏服の男の死にざまを見ていたときの怯えようからも間違いない。果たして彼女は今後どう生きるのか……。指名手配犯のほうは今からでも警察に、いや拘置所に行けば……」

「面白い？」

闇のなかに大きな溜め息が響いた。

俺は話すべきではなかったかと後悔する。

「いや……その……」

「大丈夫、責めてるんじゃないよ。こういう人だから、ああいう小説を書くんだろうなと思ってね……」

「そう、だろうか……」

「読めばわかるよ。君は誰よりも君の小説らしい人間なんだ」

闇のなかで、彼の双眸が瞬く。

「そのままでいてくれよ。君の小説が読めなくなるのは、さみしい」

どういうことだろうか。

いや、彼の持って回った言い方はいつものことだ。

……と、思う。

了

知らない人

なにかが割れた甲高い音がして、電話口から聞こえていた類の声が慌てた。

「じいさんっ！　もう、大丈夫かい……？」

受話器をどこかに置いた音、遠ざかる足音、そしてよく知った二人の声が遠くから聞こえ、しばらくすると雑音のあとにクリアな声が聞こえた。

「ごめん響さん。じいさんがなにか割っちゃって、一旦切るね」

「そうか、まぁ予定通り今から店に行くよ」

うん、という声を最後に通話は切れた。俺はヘッドセットを外してパソコンの電源を切り、窓から空へ飛び上がった。

美蔵堂へ着くと店には誰もいなかった。片付けはもう済んだのか、なにかが落ちて壊れたような形跡はない。

だが店内のなかほどまで歩いていくと、暗がりのなかから白い顔がぽおっと浮かび上がり、俺は思わず、わっと叫んだ。

同時に背後の戸が乱暴に開く。

「なに？」

現れたのは類だった。外光が四角く射し込む。

「類！　ひ、ひ、人が……！」

俺が指差した先には、玉座のような背の高い角ばった椅子に腰かけた全裸の男がいた。土気色の肢体にしなやかな筋肉がみなぎり、波打つ金髪の下にある彫りの深い顔は無表情に前方を見つめていた。瞬きひとつ、しない……。

と、そこで気づく。

「あれ、これ……人形か？」

類は失笑しながらなかへ入ってきた。

「ベタなことをやってくれる……そう、亡くなった現代作家による等身大の創作人形だ。迫力があるだろう。色々あってここへ流れ着いてきたんだ」

彼は著名らしいその作家の名前を挙げたが、もちろん知らない名だった。

そして類は、今しがた祖父を家まで送り届けてきたところだと説明してくれた。天然石の飾りを割ってしまったが、怪我はなかったそうだ。それを聞いてひとまず安心する。

それでも視線は落ち着かず、先ほど指を差した場所へ厭でも吸い寄せられてしまった。

類がくすっと鼻を鳴らして尋ねてきた。

「人形は苦手？」

「どちらかというと……」

「苦手な人、多いよね。とても美しいんだけれどね。技巧も素晴らしい……」

類は目を眇《すが》めて人形を見つめた。

ランプに照らされたその横顔が刹那、知らない人のように見えた。

彼はそのまま長いこと黙っていた。

類に倣って俺も改めて眺めてみるが……どうしても、気味が悪いという感情が先立った。造形としては優れているのだろう。人体への写実性と美を追求したデフォルメ、その兼ね合いの妙は素人でも感じとることができた。艶やかな肌も、整った目鼻も、硝子の瞳も、なるほど本物の青年よりも美しい。だが可動するらしい球形の肘膝には違和感が拭えなかったし、剝き出しの一物の仄かな朱鷺色《ときいろ》が、俺の視線を彷徨《さまよ》わせた。

どうにも気味が悪かった。

ネタにするなら怪現象か、殺人事件のガジェットか……俺の感性ではおどろおどろしくしか書いてやれないだろう。

一方の類は、愛でるように櫛で人形の髪を梳かし始めた。

まっすぐ、人形に集中している。

ぼんやりと感じていた溝が、深くなった気がした。

……そういえばいつもは、どうやって話しかけていたのだったか？

ここ最近のおかしなことを、改めて話したかったのに。

嵯峨野のこと、これからのこと、忘れてしまった記憶は死因の他にもあるようだということ。それから。それから……。

それから、ずっとこのままではいられないような漠然とした不安。

翌日、店に意外な客がやってきた。

小ぶりなリュックサックのベルトを両手でつかんだ、不機嫌そうな少女……。

「嵯峨野くん、来てないですか？」

和高まりだった。類は「嵯峨野くん？」と問い返しながら視線を上げる。

「あぁ、和高さんか。いや、嵯峨野くんはあの砂時計を買って以来、来ていないよ」

「そうですか……ここには顔出してるかなー、と思ったんですが……」

彼女は暗い顔で下を向いた。てっきり砂時計の件でクレームでも入れられるのかと思ってしまったが、当然の反応だった。霊も視えない人間が、あの砂時計のせいでなにか悪いことが起きたなんて考えに至るわけがない。それに、あれはもう壊れてしまったのだ。

「最近、嵯峨野くん学校来てなくて……」

溜め息をついた彼女に、類が問う。

「そうなの？　どうして」

「私が知りたいですよ。体調悪いのかなって思ったけど、返信は最低限しか来ないし、自宅に行ってみてもいなかったんで、こうしてあちこち探してるんです。あの……なにか心当たりとか、ないですか？　どんな小さなことでもいいので」

店の奥へ歩いていく彼女を目で追うと、その向こうに、あの人形の姿が入ってきた。彼女はまるで意に介さない。

ふいに耳鳴りがした。

ギュッと目をつむり唾を飲み込む。再び目蓋を開くと、類は和高の頭からつま先までじろじろと視線を往復させていた。「なにか？」と和高が一歩後ずさる。

「類――？」

彼の傍らへふわりと飛んでいく。

だが彼は俺の呼びかけには答えずに、彼女に言った。

「――ええと、なんだったかな？　お前は」

「『お前』って……。だから、嵯峨野くんが変で……はぁ、もういいです」

「いやいや待ってよ。僕でよければ話を聞くよ、お嬢さん。なぁ」

和高の戸惑いは当然だった。俺だって類の物言いには耳を疑った。立ち上がった類はカウンターに両手をつく。出口へ向かっていた和高も不審げな顔で振り返った。

「……ノイローゼかも、しれないです。嵯峨野くんって優しいことしか言えない人だから。粘着質なファンがけっこういるんですよ」

そんな話は前にも聞いた気がする。

「距離感間違えて接してくる人っていうか、テレビに出てるタレントと違って、手が届く感じがするからですかね。ＳＮＳ上でもすぐ返事しちゃうから、友達とか恋人みたいな気になってる人、多いっぽいですし。以前も、取材をしに来たＷｅｂメディアの女の人がストーカー化したみたいで、困った様子でした。家に来られて怖かったって」

家に？

和高は続ける。

「……てか、それ以外考えられないですもん。友達になってわかったけど、嵯峨野くんって本当に裏表ない人で、大学でもバイト先でも、リアルでトラブル起こすとか考えられない。絶対陰でなにかあったんだと思います」

彼女はそう捲し立てた。あのハロウィンの夜に「自分は迷惑をかけない」と言っていたのは、俺が思っていたよりも固い決意だったらしい。

だが類は長い沈黙のあと、

「へぇ」

と、気のない返事をした。話を聞くと言っておきながら、ぶしつけな視線を彼女に注いでいる。和高は彼を睨み、そのまま店を出て行った。

「あぁ、行っちゃった……」

「当たり前だろうが」

類はしかめた顔で俺を振り返った。そしてしげしげと見つめてくる。

「なんだ？」

「…………」

彼はきょとんとした顔で「別に……」と返した。

そして、そのまま店のなかをうろうろと歩き始めた。

ぐるぐる歩き回りあちこちを見終わると、彼はカウンターにかけて引き出しから帳簿を取り出し、仕事に戻ったようだった。

会話は、ない。こんなふうにお互い黙っていることはよくあったが、なんとなく、いつもと違う居心地の悪さを感じた。帰ろうかなと思っていると。

「ねぇ」

と、類が首をかしげてこちらを向いた。

「ずっとここにいるのかい？」

「え——」

急な問いに胸を刺された気になる。

南国の海のようだと思っていた碧色の目は、今は日が落ちた直後の仄暗い青緑に見えた。

「いちゃ、だめなのか……？」

「……」

「相互扶助の約束を、したろう。このままでもいいってことじゃ、ないのか？」

「ふぅん？」

類は鉛筆を紙の上に滑らせる。カリカリ……という音が響いた。

俺は階段簞笥《だんす》の上に腰かけた。類の言葉を待ったが、彼は黙ったままだった。

死者が現世にいるのは、おかしなことだ。

そんなことはわかっている。

「どこへ、帰るの？」

「は？」

「おうちは、あるの？」

「いや、あるだろう。まだアパートは契約したまんまで……」

「何時に帰るの？」

「え？」

類は先ほどと同様、きょとんとした顔で聞いてきた。

俺は毒気を抜かれたような心地になる。

「夕方には帰るよ」

類は頷いて帳簿へ戻った。

言葉を……深読みしてしまっただけなのだろうか？

成仏についてじゃなく、今日はいつまでいるのかという、話……？

だが。

「躰」

類はまた出し抜けに言った。

「躰があればいいんじゃない？」

彼は顎をついと上げ、暗がりを指した。

あの人形が鎮座していた。

俺はなんと返したらいいかわからず、片頰を引きつらせた。

「いいと、思わない？」

「は……？」

「…………………」

「おい、冗談じゃないぞ……」

「入りなよ」

「断る。気持ち悪い」

そう言った瞬間、類の紙面に添えていた左手がぐしゃりと音を立てた。ページが握りつぶされていた。

「類？」

「入れ――」

くぐもった声で彼は言った。俯《うつむ》いたその表情は窺えない。

躰の芯が冷える。喉に冷たい水が走るみたいに……。

「なんだよ、どういう意味だ？」

「……」

「お前……どうしたんだよ」

「…………」

「……なにか、怒ってるのか？」

俺は壁に片手を突っ込んだ。彼は唇を引き結んだままだ。俺は「帰る」と投げるように言って息を止め、壁をすり抜けた。

遠目に見下ろした帳簿には、罫線をはみ出してうねる、ぐしゃぐしゃした線が見てとれた。

家に帰ってベッドに仰向けになった。

考え直してみても、彼の言わんとすることがわからなかった。

俺に、俺の在り方に、いらついてきたのだろうか？

そう思うと、肋骨《ろっこつ》の奥が痛むような気がした。

俺は気ままな生活をしているつもりでも、類にとってこの関係は一時の気まぐれでしかなく、いつまでも幽霊がうろついていたら目障りなのかもしれない。「相互扶助」だって、なければないで類はなにも困らないだろう。

所詮は死者と生者。どれだけ気心が知れても。

和高への態度にも違和感があった。普段の類なら引き留めるなんて絶対しない。生きている人間と、話したかったとか？　あの類が？　いや……幽霊と二人きりでいることに嫌気がさしたとか……。

溜め息が漏れ出て、そのままうたたねの真似事をした。

——そしてどのくらい経ったのか……揺蕩《たゆた》っていた意識が浮上する。

遠くから響いていた不明瞭な音が、覚醒と共にはっきりと耳に届く。

――ピンポーン。

「…………」

ドアのチャイムだった。時計を見上げると午前二時だった。

――ピンポピンポピンポーーーン。

連打に驚いて固まっているうちにもチャイムが鳴る。

「開けてー」

類の声だった。うちの場所は教えていたが、彼が来たのなんて初めてだった。

「類？　なんだよ、こんな時間に……」

「開けてよーー」

彼はまたチャイムを鳴らした。俺はつい「鳴らすな！」と叫ぶ。

するとと音はやんだが……。

「……開けてーーー」

抑揚のない声にぞっとする。

「響さーん、出てきてーーー」

こん、こん、とドアを叩かれる。俺は後ずさり、肩で息をしていた。

「開けてー、出てきてー」

「どう、して？」

「……」

声が類なのに、喋り方がまるで違う。

「おーーーーーい」

ごん、ごん、とドアが固い音で叩かれる。冷や汗が止まらない。

ごんごんごんごん。

「お前……誰だ？」

長い沈黙のあと、そいつは間延びした声で答えた。

「僕だよー。るいだよー」

開けてはだめだと、確信する。

今日の彼はなんだかおかしいと思っていたけれど、こんなことって……。

類は……？　いつもの類は……。

いや、いつもの類って、なんだ？

まさか、これが本当の彼なのか？

どっと不安が押し寄せ、悪いほうへと考えが流れる。

死んでから出会った、幽霊が視える同年代の友人……。

友人？　笑わせる。

生きていたころロクにできなかったものが、死んでから急にできるなんて。

「響さーーーん、出てきてよーーーー」

なんて、都合のいい……。

そんな人物は最初からいなかったんじゃないかとすら思えてきた。

いや……それこそ馬鹿げている。

何度も会っているじゃないか。助けてもらったじゃないか。

「うっ……！」

口元を押さえる。ないはずの胃液がせり上がる感覚。

俺はその場にうずくまった。

「出ーてーきーてーーー」

「――帰れっ！」

叫ぶとドアの向こうはまたしんとなった。

震えで舌を嚙みそうになりながら、空気が罅《ひび》割れるほどに吠えた。

「絶対に開けない！　帰れ帰れ帰れっ！　帰れぇーーーーっ！」

時が止まったかのような、静謐《せいひつ》。

ドアの前から、足音が動き出す。

流しの上にある横長の磨り硝子に肌色の人影が現れ、階段のほうへ流れていった。

「え……」

暗いので、ぼんやりとしか見えない。

だがそれは首から下も一色で、類よりも背丈が高く、髪の色も彼より薄い。

「え……？」

心臓に絡まった鎖が、ぞろりと落ちゆくような、急な浮遊感。

「あれ……は……」

急に立ち上がることができた。恐怖は変わらずそこにあるのに。

かん、かん、とステップを下りていく足音を聞いていたら、膝の震えが収まった。

意を決してドアをすり抜け、外廊下から地上に目を凝らす。

群雲に隠れた月が顔を出すと、塀の外へ消えてゆく全裸の男の背が見えた。波打つ金髪が光を返す。あれは、美蔵堂にあった……。

「なん、だよ……」

俺は肺の空気が空になるほど、深い溜め息をついた。

安堵と気味の悪さが渦巻く。

類じゃ、なかった。なぜか目の奥がつんと痛んだ。

だがそのとき、たし、と背後から肩を叩かれたのだ。

振り返ると、逆光のなかであの人形が立っていた。

「出てきた」

もう声も出ない。

「入れ」

手首を摑まれた。冷たく固い感触が骨に伝わる。腕を引いてもすり抜けない。

「入れ、入れ、入れ」

「う……あぁぁ……！」

必死で振り払おうとしながら叫ぶ。

「なんで……なんなんだよ……！」

から、からと相手の躰が無機質な音を立てた。

「代われ」

「は？」

「人に、なれば」

ぎゅうっと力が強まる。人形は反対の手で俺の胸を貫いてきた。意識が霞む。

「女が」

もうだめだと思った……そのときだった。

ふっと手首を摑む力が緩み、俺は後ろ向きに転ぶ。

がらがらがらっ……と、相手も転んだような音がした。

慌てて身を起こすと、あたりにはなにもなかった。

「あ、あれ……？」

俺は脱兎のごとく部屋へ逃げ帰る。

……助かった、のか……？

そして、今度はパソコンの通知が鳴った。

驚き疲れて悲鳴も出ない。ぱっと点いたディスプレイの隅に表示された着信は……美蔵堂の固定電話からだった。

急いで着信に出ると、意外なことにかけてきたのは類ではなかった。

「…………おあんさん？」

長いもごもごとした息遣いのあと、しわがれた声がした。

俺は、あ、あ、と声にならない声を漏らす。相手は「はぁ」となにか納得したように
ひとしきり頷いて、話し始めた。

「あぁ、〝りだいやる〟押してみたの……類、知らんけ？」

「え……」

「こん人形、変や……ほうやから、今、外しい、外してみたんだけどなぁ……」

人形は店にあるらしい。それに類がどうしたって？

俺は急いで美蔵堂へ行ってみることにした。

いつもはこの時間なら消えている灯りが薄く光る店に滑り込むと、類の祖父が小上がりに座って、うつらうつらと舟を漕いでいた。

その足元には……首のない人形が大の字に転がっていた。傍らに、木綿の巾着袋がちょんと置いてある。ふくらみから、あのなかに外された頭が入っているのだとすぐにわかった。

「なるほど……？」

人形に違和感を覚えた類の祖父がやったわけか。

あれはいったいなんだったのか……？　わからないが、しかし。

「間一髪、助かったわけか……」

俺は店のなかを見回す。

「類……」

昼間、彼がおかしかったのは、この人形のせいだったのだろう。

「類！　どこだ⁉」

ぎしっと、階上から音が聞こえた。息を飲む。眠そうな返事が聞こえてきた。

「なに……？」

階段を踏み鳴らして降りてきた彼は、目をしょぼしょぼと開いたり閉じたりしている。

「あぁ、類……！」

俺は脱力してその場に座り込む。

「……なにこれ？　え？　どういう状況？」

彼は珍しく狼狽える。

よかった。「いつもの類」だ。

「というか今何時？　僕、なんか具合悪くて、今日は早めに店を閉めて、ずっと寝てたんだけども……」

「ずっと？　俺が帰ってからか……」

「あれ？　君いつ帰ったっけ……？　来たのは覚えてる……和高さんも来て……それから……えっと……？」

類は夏の海の色をした双眸を瞬かせた。

あぁ、これだ。

俺の知っている碧……。

「なにかあったんだね？　今朝じいさんがアミュレットを割ってしまったからだな」

「アミュレット？」

「厄除けのお守りだよ。言ってなかったっけ？　今朝のほら、天然石の飾り……この店にはそういうものをいくつか置いてあるんだよ。霊つきを扱うならそのくらいやっておかないと」

「初耳だ、そんなこと」

「言う必要なかったから」


翌日。

俺が昨夜あったことをかいつまんで伝えると、彼は溜め息をついた。

「僕にもわからないけれど……美しい裸体の持ち主だからねぇ。……女のところへ行ってみたかったのかなぁ？　人間の魂を持ってさ」

魂？　類は合理性の欠片もないことを言った。

「それで、俺に『代われ』と？」

「君のことを取り込んでいたら、冷たい躰は魂に寄っていったかもしれない。人に化けて、肉の人生を謳歌したかもね」

俺は理解に苦しみ腕を組む。

彼の横顔は、もう知らない人のようには見えなかったけれど、底知れないものを感じてしまった。

類は気を取り直した様子で紅茶を淹《い》れにいった。

「にしても、すぐに気づいて欲しいものだよ。僕が真夜中に家を訪ねて『開けてー開けてー』なんて言うわけがないだろう？」

「そんなこと……わからないだろう」

「へぇ」彼は意外そうに目を瞠《みは》り「開けてもらう必要なんて、ないんだけどなぁ」と意味深長に呟いた。

そして、改まって尋ねてくる。

「僕、あんまり信用ない……？」

困った子供のような顔をしていた。不意打ちに思わず、うっと唸る。

「だってお前は……いや、なんでもないよ」

俺は垂直に浮かび上がり、屋根の上へ逃げた。

彼は以前、「嘘はつかない」と言ったけれど。

やはり、言っていないことはあるんじゃないか。

そう思うから。

漠然とした不安は、未だ消えない。

了

別人

なにかがおかしい。

もう長いこと、そんな気がしている。

まるで小さな穴が空いた鞄を騙し騙し使っているみたいだ。これくらいなら、と思いながらも、物を落としていないかが常に気にかかる。

パソコンの前に座って、数時間が経っていた。指が動かない。あぁ、今日はもうだめだ。気分転換に美蔵堂にでも行こう。そして類と……、類に……。

そう思うのになぜか気が進まず、外をうろうろする。

そんな日が何日も続いた。

「小説って、どう書くんだったか……」

いくら気分を変えたところで、なにも書けなかった。〆切は刻一刻と迫る。そんなとき、本棚に差さった懐かしいワークシートが目に入った。

「小説講座……あぁ、行ってたな、昔……」

それは、デビュー前に通っていた小説講座でやっていた簡単な課題だった。デビュー以来すぱっとやめてしまったので、同じ志を持っていた顔見知りの人たちが今どうしているかも、少し気になった。

つまりは軽い興味本位だったのに。


記憶にあった開始時間は土曜日の十五時ごろ。

時間ちょうどに公民館の一室を訪ねると、講座は変わらず開催されていた。長椅子に座った受講者たちの顔は半分以上替わっていたが、見覚えのある者も残っていた。

「そうそう、今朝、来る途中で新刊を買ってきたんだ」

講座が始まる前、和気藹々《わきあいあい》とお喋りをする受講者たちのなかで、人の良さそうな白髪の紳士が言った。彼が取りだしたのは、一冊の小説誌だった。

「じゃん、我らが長月先生の連載誌だ、今回が最終回でね」

「わぁ、私もネットで買いましたよ。帰ったら届いているはず。本当に大躍進ですよね。ここの出身者が連載してるなんて……」

主婦らしき愛想のいい女が言った。近くの机に座っていた俺は、少し照れくさくなる。しかし嬉しさのほうが勝った。どちらとも特に仲が良かったわけではないし、こんなふうに応援されているとは思いもしなかったのだ。

新顔らしき、見知らぬ若い男の受講者が話に加わる。

「え、長月響って、ここの出身者なんですか？」

「あれ、知らなかったんですか。まぁ通っていたのはそう長くないですからね。元々才能があったんでしょうな」

「私、並んで講習を受けてたこともあるんですよ！　お互いの短編を読み合ったことも！　あっという間に上手くなっちゃって、びっくりですよ。長月さんはここの星なんですよね～」

彼女は得意げに胸を反らす。

「この前、駅前で偶然会ったときも忙しそうでしたし」

そんなことあっただろうか。

彼女くらいの年ならば数年前も「この前」なのだろう。

「今日の飲み会にも顔出すって言ってましたよ！」

え？

「本当ですか？　じゃあ俺も行きたいです。ぜひ会ってみたい」

なんだ……？

またおかしな現象に巻き込まれているのだろうか？

講師が入ってくる。講義が始まり受講者たちは口を閉じた。

担当編集の濱《はま》氏と通話していたときみたいに、耳の奥でザザザ、とノイズが走る。誰かが、邪魔をしているみたいに。

誰か…………？

いや、違う。邪魔をしていい、るのか、は俺自身……なのか？

頭が痛む。

十七時に講座が終わると、受講者たちは駅前へ繰り出した。やがて遠くから歩いてきた人物に、先ほどの古株の二人が手を振った。

「久しぶりだね」「よく来てくれた」などと、にこやかに迎えられたのは……。

嵯峨野だった。

目を擦って何度見直しても、嵯峨野永太郎《えいたろう》その人だった。

「はは……みんな、懐かしいな」

彼は優しく笑ってみせたが、言葉は力なく上滑りしていた。顔色は、悪い。

「わぁ、本当に長月響だ。動画で見た通りのイケメンだなぁ」

「忙しいのに来てくれてありがとう！　小説にSNS……インフルエンサーっていうの？　二足の草鞋で大忙しなんでしょう？　フォトエッセイも新しいのが出るみたいだし、それにそろそろ就活だって……」

「いえ、そんな。僕はなにもしてないんです……なにも」

一同は連れ立って居酒屋の立ち並ぶ通りへ向かった。

俺は膝から力が抜けて、その場に座り込んでしまった。

「なんだこれ……」

動悸《どうき》がする。ばくばく、ばくばく……痛いほどに胸が鳴る。

「なんだよ、これは」

ふらふらと立ち上がり、追いかけようとする。が、彼らは人混みに消えていく。

「待て……待ってくれ……」

足をもつれさせながら走る。角を曲がると本屋が目に飛び込んできた。店先に大きなパネルが飾られている。

——長月響　最新刊入荷！

自動ドアをすり抜ける。吹き出しの形をしたポップに「サイン本あります！」と書いてあり、二十冊以上が平積みされていた。

サイン、なんてもちろん書いた覚えがなかった。書けるはずがないのだ、死んでからの著作には。

俺は棚に縋《すが》りつく。立ち読みをする客たちが俺をすり抜けていった。

販促用のパネルに載っている顔も、俺ではなく爽やかな美形の……。

視界がブラックアウトした。

目を覚ますと俺は名枯《なが》荘《れ》の自室にいた。

フローリングの上に仰向けになって天井を見ていた。

……そうだ、小説を書かないと。

俺は作家なんだから。

でも、なにを書いていたんだっけ……？

あぁ、頭に靄がかかったみたいだ。

そのとき、パソコンの画面の端に着信のポップアップが光った。類からだった。

「あ、響さん？　よかった、家にいたんだね」

「類……」

「今なにしてたの？」

「なに……？　なにって、仕事……だよ」

ふぅむという吐息が漏れてきた。

「そうかい、いや、僕の思い違いならいいんだ」

「なにが？」

「散歩してたら、なんだか変な気配がしてさ。霊が、どこかに引きずられるときみたいな」

「引きずられる？」

「霊って、思い入れの深い場所に出るだろう？　うろうろすることもあるけど、不安定な状態になると、大体そこへ勝手に戻るようになってる。で、駅前で感じたその気配、なんだか潮の香りがしたような気がして……」

「あれ……駅？　お前今、駅って言ったか？」

「へ？」

胸のなかがざわざわする。頭が痛くなってくる。

「あ……あぁ……そうだ……！」

駅。駅前。あれは。あのサイン本は。

通話を切って、濱氏のスマホにかけた。長い着信音のあと、濱氏は慌てた様子で出た。

「お世話になっております。珍しいですね。どうかしましたか？」

「あ、あの……さっき……本屋で」

「はい」

「新刊の、サイン本が……」

「あぁ、はい。長月さんがこの前作ってくれたやつですね」

「ええ？　そう、でしたっけ？　そんなの、書いたかな？」

「あ、お知らせしてませんでしたっけ？　この前、出版社の会議室に来ていただいて二百冊ほど書いてもらったんです。サイン会も引き受けてくれましたよ。来週から五店舗回ってきますからね」

「サイン会？」

「ええ、前もやってもらいましたよね。長月さん、墓森さんみたいに達筆になりたいって、ペン字を習い始めたそうですよ」

「は、はぁ……」

「ったく、変なとこ気にしますよね。なんか文章講座にも行ってるらしいんです。小説は書けないけど、せめてエッセイは自分で書いてみたいとかなんとか……いい子なんだかズレてるんだか」

俺はくらくらしながら通話を切った。

まさか……そんな馬鹿な。

「長月響」と検索する。出て来たのは、もはや懐かしいデビュー作の特設サイトだった。

そういえば、どうして新人なのに特設サイトなんて作ってもらえたのだったか。

あれ？　そもそも、俺はどうやってデビューしたんだ？

サイト内は見出しのサムネイルが自動で切り替わっていく。やがて斜めから写したアーティスティックな白黒写真に切り替わった。

映っていたのはやはり俺ではなかった。
ずるり、と椅子から落ちて床に転がる。
なんだこれ。
なんだこれなんだこれなんだこれなんだこれなんだこれ。
なんだこれは？
ぐじゅり、と下から湿った音がした。

水たまりがあった。いつのまにか足が黒い水になって、じわじわと床に染みていった。
いや、水じゃない。汚臭が立つ。レンみたいになっているんだ。
ヘドロだ……。
指先が崩れている。顔も、流れていく。目地に沿って延びていく。
どうして今まで気づかなかったんだろう？
二つの目玉が離れた景色を捉えて、見えるものがちぐはぐに交錯する。
あぁ、立体視とか、言ったっけ？
へぇ、眼球が離れるとこう見えるのか。
こういうの……なにかのネタに、なりそうな……。
面白いな。

びっくりしたなぁ。

ははは。

本当に。

あはははははははははははははははははははははははははは。

了

墓守

昔話をしよう。やっと思い出せた、俺が死ぬ前の話。

小説家になった日の話。


忘れてしまっていたことはたくさんあったが、その中で一番大きかったのは「嵯峨野永太郎」の存在だ。

忘れたかった。忘れていたかった。霊になってから会った彼にあっさりと好感を持ったのは、生前の記憶が脳の奥に残っていたからかもしれない。

彼と本当に初めて出会ったのは、あの小説講座でのことだった。

「え、墓森さんって嵯峨野くんのこと知らないの？」

子供が巣立ってから小説を書き始めたという主婦が、目を丸くした。

女性陣が騒ぎ出す。当の彼は困ったように肩を竦め、俺に会釈した。それが嵯峨野だった。

そのときの俺は、高校生のころから始めた投稿生活ももう十年目に差しかかっていて、いつも陰鬱な気配を醸していたと思う。

家族がいると集中できないから、と高校卒業と同時に実家より少し都会のこの町で一人暮らしを始めた。最低時給のアルバイトを転々として、最低限の生活費を稼ぎながら小説を書いていた。つまりはフリーターだった。

いつしか友人たちも疎遠になり、母が病に倒れ、父も葬式帰りに車の事故を起こし、あっけなく死んでしまった。

それでも俺は小説を書き続けた。毎日毎日、一人で投稿作を書いた。

そろそろ引き返せなくなる。

が、これまでの歳月を捨てるには費やしたものが多すぎた。

嵯峨野は次の講義では俺の隣に座ってきた。あまりにも自然に、にこっと笑って寄ってきたものだから、つい会釈を返してしまった。

講師の小説家が配ったワークシートを埋めていく。「私はとても悔しかった」などの例文を、直接的な表現を使わずに書き換えろという課題だったが、正直こんなことを学んで作家に近づくとは思えなかった。

俺の小説は十二分に面白い。足りないのは、あと運だけなのだから……。

この講座には最後の手段として入ってみたものの、早くも緩んだ空気に嫌気がさしていた。小説が書きたいなら机に向かって書くしかないし、学びを得たいなら質のいい小説を読むしかない。第一ほとんどの職業作家が講座になど通っていないのだから、講座に通わなければ作家になれないようなやつは……。

考えた言葉の棘は、すべて自分に返ってきた。

もう、意地を張っていられる歳じゃないんだ。

デビューできるのなら、どんなことだって……。

隣の青年は真剣に課題に向き合っていた。こんなことにも手間取るなんて、あまり本を読まないのかもしれない。感性さえあればなんとかなると思っているタイプか。

できあがったものを隣の人と交換し、感想を言い合うよう、講師が指示する。嵯峨野の文章は酷かった。俺が黙り込んでいると、嵯峨野は目を輝かせて俺の書いた文を読み上げた。

「これすごくいいですね。情景が浮かんでくるみたいだ」

「はぁ」

「こっちもわかります。こういう感覚ありますよね。誰も言わないけどみんな知ってるというか。なかなか説明できないのに……そうか、こう書けばいいのか」

授業のあと、彼は小走りで追いかけてきた。話しかけられそうな気配がしていたので、足早に教室を出てきたというのに。

「あの、墓森さん。他の人に聞いたんですけど、『小説近代』の新人賞で最終選考に残ったことがあるって、本当ですか⁉」

「あまり大きな声を出すな……」

俺たちは公民館の前の歩道で向かい合った。

「読ませてもらえませんか？　その作品」

それはもう五年も前の話だった。真っ直ぐな若さに少しイラついていたものの、「読まれたい」という欲求には抗《あらが》えなかった。素人の長編を一本読んでくれる人なんて、そうそういないのだ。


意外なことに、嵯峨野はたったの一日で読破して連絡をくれた。

感想を語りたいから飲みに行こうと誘われ、こわばる心で店に向かう。あんな下手くそに酷評されたらビールをかけてしまうかもしれない。

だがこちらの心配をよそに、彼は「とても面白かった」と頰を紅潮させていた。

「圧倒されました。ていうか泣きました」

「……そうか」

「ショックも、あります……こんなすごい小説を書ける人でも、まだ世に出てないなんて。僕、墓森さんの小説、もっとたくさんの人に読んで欲しいです」

彼の語った、どこが面白かったかという話は非常に的を射ていて、「伝わっている」と感じた。引き合いに出される小説のタイトルも、彼の読書量を感じさせるものだった。

「へへへ、僕、読むのはうまいんですよ。読書感想文は昔からよく表彰されてて……だから、本当は自分の実力もわかるんです。……酷かったでしょう？」

俺はビールをむせて、自分の膝にかけてしまった。

「正直ですね、でも言わないの優しいです」

そのあとも酒はどんどん進んだ。久しぶりに気負わずに笑えた。

遊んだのなんて、いつ以来だったろう。

「あぁ、あぁ、よくわかった。お前が俗に言う『人たらし』ってやつだな！」

「なんですかそれ！　でもよく言われます」

「面白いよ、いつかキャラクターのモデルにしてやるからな」

「いいですよ、ぜひ！　二軒目行きましょうか」

小説講座のことに話が移ると、女性陣が騒いでいたのは嵯峨野が有名人だからだということがわかった。俺はそこで初めて、彼が何者なのかを知ったのだ。

「年配の人はともかく、若い人で知らなかったの墓森さんだけだったんで、仲良くなりたかったんですよ」

「知らない人のほうが、いいのか？」

「やっぱり、ちょっと違うんですよ。迷惑とかじゃないですけど。僕は、普通の創作友達が、欲しかったんです」

僕がインフルエンサーなのと小説家になりたいのって、関係ないことじゃないですか。すっかり赤く染まった頬で、彼はぽつりと語りだした。

「実は僕、嵯峨野永太郎の名前を使わずに作家になりたいんです。だって、やっぱり嫌じゃないですか。ファンが買ってくれるからって。『違う名前で出したい』っていうのが通らなかったら、それは『小説じゃなく名前のほうに価値がある』ってことじゃないですか。それで売れて、だんだん元からのファンじゃない人が読んでくれるようになっても、本当に実力がついたとしても、いつまでも後ろめたさが残るような気がするんです。裏口入学で一流大学に入って社会に出てから成功した人みたいに……」

「今のは悪くないたとえだな。それで、こっそり小説講座に？」

「はい、正面から……新人賞からデビューしたかったので。実は、ネットに小説を上げてて、何度か投稿もしてるんです。箸棒ですけど。あ、長いの書けないから短編ばかりなんですが」

彼が期待と不安の入り交じった様子で見せてくれた小説投稿サイトのページには、彼のペンネームが載っていた。

〝長月響〟

「僕、九月生まれで。『響』は適当です。本名が長いし古臭いから、一文字のかっこいい名前に憧れてて」

「響、同士だ」

「そう！　そうなんです！　運命感じちゃって」

俺たちは大いに笑った。

「読むよ」と俺が言うと、彼は複雑な顔で固まり、やがて首を振った。

「それは、いいです。だってあんな話が書ける人に……恥ずかしいですよ……」

そのときは酒のせいだと思った。彼の双眸は潤んで光っていた。


「大変です」

鏡面の黒いスマホにそんなメッセージが届いたのは、それからわずか数週間後のことだった。待ち合わせに指定されたのは人っ子一人いない自然公園だった。足元で落ち葉が音を立てていたのを覚えている。

ベンチに腰かけて待っていた嵯峨野は、膝の上で両手を握り締め、昏《くら》い顔をしていた。その正面に立って見下ろす。

「ごめんなさい、お伝えしておかないといけないことがあります。でも、絶対止《と》めるので安心してください」

「……？」

俺はこのとき彼がどんな気持ちでいたかなんて、考えもしなかった。

「墓森さんからお借りした小説、手違いで出版社に持ち込みされてしまって……」

「は……？」

嵯峨野には、最初に見せたのとは別の原稿を何本か貸していた。

「この前、インフルエンサーとして『案件』をもらって、その打ち合わせで東京の事務所に行ったんです。で、控え室で墓森さんの原稿を読んでいたら、そのまま置き忘れてきちゃって……それを社長が読んで、知り合いの出版社に持って行って……そうしたら書籍化しようって話に」

呼び出されたときから、なにか話があるのだろうと思っていたが、言葉が出なかった。データはパソコンに残っているから、プリントアウトした原稿を置き忘れられたことなどなんでもない。

それより、書籍化だって？

嵯峨野は俺の顔を見て、「待って」と手を前に突き出した。

「俺が書いたと、思われてたんです！」

「あ……」

「だから、すぐに『違う』って訂正しておきました。止めてもらう予定です」

「……そう……か……」

話の全貌がわかると複雑な想いが去来した。

鼓動は、じわじわと高鳴っていく。

「でも、もうかなり話が進んでいるみたいで……社長はすごい乗り気だったので、まだ本当のことを先方に伝えてくれてないみたいなんです。出版社からの感触が、すごくよかったそうで……」

「それは、面白かったからか……？」

「聞かなくてもわかるでしょう？　編集部でも『担当したい』って、いくつも手が挙がったそうですよ。当然ですよ、墓森さんは……」

——天才ですもん。

嵯峨野が絞り出すように言った。

「すみません」と彼は袖で目元をごしごしと擦った。

「なんでお前が……」

「だって……僕のじゃ、だめだったんですもん」

「え？」

「社長に、『僕に出版させたいなら別の原稿がある』って、自分が書いたやつも見せたんです。でも、だめだった。最後まで読んですらもらえずに『これはちょっと』って

「……」

　彼は顔を上げる。

「選ばれたのは墓森さんの小説なんですよ」

「だけど、それは……『お前が書いた』って思われてたからであって……」

「きっかけはそうだったかもしれないけど、今、みんなが世に出したいって思ってるのはあなたの書いたものです！　今までデビューできなかったのがおかしかったんですよ」

　今まで、何度も何度も何度も心のなかで同じ悪態をついていた。

　やめてくれ。

　他人に言われたら、やはりそうなんだと思ってしまうじゃないか。

　だが今さら出版社に、俺が本当の作者として名乗り出たとしても「はいそうですか」と書籍化の企画が進むとは思えなかった。

　驕《おご》るな。嵯峨野はこう言っているが、やはりこれは「嵯峨野の名があってこその評価」なのだ。嵯峨野が書いたものじゃないなら、手にとってすらもらえないだろう。

　彼の知名度と、俺の実力。

　両方があってようやく足る、単にそういうことなのだ。

「おかしな話だよな……人はどうして、知っている人間の書いた本を買いたがるんだろう？」

「え……？」

「いいや、わかっているんだよ。書いた人を知っていると面白さが増すのは。普段こんな顔でこんなふうに喋ってる人が、実はこんな妄想を抱いていたのか、っていうのが読めるのは、面白いに決まってる。つまらなくても面白くなっちまうんだから、ずるい」

いつしか強くこぶしを握っていた。

「ずるい、って……」

嵯峨野は唖然《あぜん》としている。だが、止まらない。

醜い言葉が止まらない。

「だけど、それじゃ小説そのものには価値がないみたいじゃないか。付加価値がないと読んですらもらえないなんて。もはや世間が求めてるのは、小説じゃなくて『体験』なんだよな。あの人の書いた本を読んだ、話題の本を読んだ、そういう一種の共通言語だろ？」

「墓森さん」

怯えた顔の彼の手を摑んだ。

「お前は悔しくないのか？　そんな舐めた求められ方をして！」

「ぼ、僕は……」

彼の大きな両目に俺の影が映っていた。黒々としたシルエットに見つめ返され、俺は手を緩めた。

「…………すまない」

「いえ……」

遠くで鴉《からす》が鳴いていた。しばらく逡巡したのち、彼の座っていたベンチに、少し離れて腰かけた。

そうして長いこと、お互い黙っていた。

陽が陰っていく。やがて嵯峨野は唐突に口を開いた。

「悔しいです」

「…………」

「墓森さんが、まだ世に出ていないのが」

「…………」

「これだけ面白いんだから、いつかは必ずデビューできます。でも、本が出たって無名の新人は埋もれてしまうことのほうが多い。前にも言いましたよね？　僕は墓森さんの小説をたくさんの人に読んで欲しいって……」

「あ、あぁ……」

今度は俺が戸惑う番だった。彼の横顔が見たこともない硬さを湛えていたからだ。

「僕の影響力があったら、そうはならない」

「……おい」

「墓森さん、僕が『止めてもらう』って言ったとき、少しがっかりしませんでしたか？」

「……したよ……正直」

世に俺の小説が出るなら、もう、なんだって……。

「墓森さんはどうしたいですか？」

「え……？」

嵯峨野はいつもの穏やかな顔に戻っていた。

「……あなたが、望むなら」

その言葉の意味を咀嚼《そしやく》しきる前に、彼は続けた。

「それくらい面白かったんです。万人受けはしないかもしれないけど、間違いなく唯一無二です。……すみません、もっと本音を言うと『囚われた』んだと、思います。墓森さんの才能に。だって墓森さんの小説を読んでから、僕はもう新しい小説が書けなくなってしまった……悔しいし、辛い。だけどそれ以上に、『みんなに読んで欲しい』って気持ちが一番大きいんです。あなたが世に出ないのは、すごくもったいないから……！」

俺の小説は、やはり面白くて。

身近な人を歪める程度の力はあるみたいだった。
俺は――……。

俺は……せめて責任は自分で負いたいと思った。

だから決定的な言葉は、自分から持ちかけた。

決めたのは俺で、彼は承諾してくれただけ。

俺が言わなければ、彼はきちんと止めてくれていただろう。

そうして「長月響」のデビュー作は刊行され、予想の数十倍売れた。

本が出たあとに真実を知った担当編集の濱氏は大いに困惑していたが、今さらあとには引けないようだった。秘密を知る人を増やしたくないので、他社依頼はしばらく断ることにした。

俺はバイトをやめて執筆に専念した。

たくさんの人が俺の小説を読んでくれた。ネット上では少し浚《さら》えば数多《あまた》の感想が見つかった。ファンレターは俺の手には届かなかったけれど、応援の言葉より小説の感想が欲しかった俺にはちょうどよかった。

長月響の小説は売り上げ以上に、玄人筋からの評価が高かった。それが俺の自尊心をさらに刺激した。本はどんどん売れていった。

長かった。

今まで本当に大変だった。

やっとプロになれた。

やっと認められた……！

「ね？　僕の言った通りだったでしょう？　読んでさえもらえればわかる。墓森さんの小説は、すごいんです」

あるとき嵯峨野は泣きながら言った。

だが表向きはこれまでとなにも変わらず、爽やかな笑顔を振りまき続けた。

「これで正解だったんです。墓森さんが埋もれたままなんて、おかしい」

そうだな、と答えて、俺はその場をあとにした。

彼を見ていると胸が痛むので、早く帰って小説の続きを書きたかった。

小説を書く合間、床に寝転がって躰を休めていると、俺の十年は無駄にはならなかったのだという安堵と、罪の意識が交互にやってきた。

目裏《まなうら》でだくだくと渦を描いては、記憶のなかにある言葉が苛《さいな》んできた。

「僕、がんばってもっと広めますね。だから墓森さんも、がんばって、くださいね……」

いつしか嵯峨野とは疎遠になったが、お互いに濱氏とやり取りをしていれば仕事は進んだので、なにも問題はなかった。

人はなんにでも慣れる。

そして慣れを通り越すと、「これでよかったのだ」と肯定したがるものだ。

苦しみには意味があったのだと、そう悪くもない経験だったのだと。

俺は黙って小説を書き続けた。

幽霊作家《ゴーストライター》として。

このころは、まだ生きていた。

了

霊つき

カン……、カン……、カン……。

遠くから音が聞こえた。床の冷たさと、沈みゆく息苦しさ。音は床の振動と連なっていた。あぁ、これは外階段を踏む音だ。玄関のチャイムが鳴る。俺は床でびしゃびしゃと渦巻いていた。真っ黒いヘドロの四肢が離れたところに見える。鼻はどこへ行ったかしれないが汚臭がした。

俺はパソコンに這いよる。無数の指が指が指がキーボードの上をべとべとと這った。ディスプレイにはノイズが走る。セーフモードのような、謎の文字が黒地にびっしりと表示された画面が明滅し、机の上に転がっているヘッドセットからは俺の呻き声が聞こえていた。

読んでほしい。読んでほしい。誰か。

眠い。

とても眠い……。

……チャ……チャキ、チャキ……。

玄関から静かな金属音がした。

……がちゃり。

これも聞いたことのある音だと思い出す。開かずの金庫……そう、細い棒を何本も突っ込んで、開けていたな……。

蝶番《ちょうつがい》の軋みと共に、近づいてくる足音。

「――あぁ」

片目が、逆しまになった彼の姿を見上げた。生成り色のシャツ、栗皮色の細い髪、そして夏の海の浅瀬に似た双眸。

「響さん……」

鍵開けの道具を片手にまとめて握った青年が、立っていた。

知っている人物なのに名前が出てこない。物忘れというには、激しい欠落。

自分が自分でなくなっていくというのは、こういう感覚なのか。彼の祖父はどうだったのだろう？　こんな感じだったのか。老いた人物の……。

あれ？

そんなことを知って、どうなるというのだろう……？

「こんなに溶けちゃって。駅で感じたあれは、案の定だったみたいだね」

とても眠い。息を止めても躰は浮き上がらない。唇はなぜか「う」の形を作った。

「るい……るいだよ」

そうだ、『類』だ。

「思い出した？」

彼は膝をつき、ふるめかしい革の鞄から小匣を取り出した。

手のひらに乗るくらいの大きさで、角には補強も兼ねた金色の飾りがついている。

類は掛け金をぱちんと回し、蓋を開けた。

そして匣を床に置き、両手で俺を掬《すく》い上げた。

ぼた、ぼた、と指の隙間から飛び散る。

温かな手の上で、ゆらゆらして気持ちがよかった。

だが、とろとろとしたたり、俺は匣のなかへと流れる。

え？

その瞬間、世界が裏返るような、不思議な感覚がほとばしった。

なにか言いたいのに、眠気で思考がまとまらない。そのあいだも彼はせっせとヘドロを匣に詰めていた。

やがて類は手を軽く払い、匣のなかを覗き込んできた。憐れむような顔をしていた。

俺は起き上がろうとしたが、全身が寒くて身じろぎすらできなかった。ヘドロが身じろぎとはおかしな話だが、この匣のせいだと直感した。青い内張りの天鵞絨《ビロード》は深海だった。

「る……」

彼はなぜここへ来てくれたのだろう？

いや、駅で気配を感じ取ったと、電話で言っていたじゃないか。

それで心配して……。

「る……」

眼前に蓋の裏が迫る。

闇が下りた。

「しばらく寝ていなよ」

ぱちん。耳元で金具が鳴る。

「……あ……」

小匣のなかは、暗く、涼しく、しんとしていた。

「眠って」

物音は遠ざかり、揺れで運ばれているらしいことがわかった。一定のリズムが、心地よさと、これが永遠に続くんじゃないかという不安を呼び起こしてきた。

棺。という言葉がふいに浮かんだ。
なんのつもり、なのだろう?
いいや、彼は元より幽霊には冷たい。
類……。
あまり関わらないほうがいいと、いつも言っていた。
類……?
どろどろと全身を慄わすが、蓋は開かない。
あ。
あぁぁ……。
ことり。
揺れが収まる。
蓋の隙間から外を覗くと、そこはよく見慣れた美蔵堂の棚の上だった。

了

匣のなか

あれからどれくらいの時が経ったのか。

手も足もなく、光もなく、己の意識だけに向き合った俺は、厭でも冷静にならざるを得なかった。すべての感情が凪ぐと、ここは存外居心地の悪くない場所に思えた。

小説は書けないけれど。

類……。

御蔵坂類。

思えば彼は、俺が「長月響」と名乗ったとき、とても驚いていた。それは「実は以前からファンだったから」、というだけではなかったのだ。

自分が知っていた「長月響」と、まるきり別人だったから。

有名人である嵯峨野永太郎が「長月響」名義で小説を書いていることは世間では周知の事実だ。類のSNSへの疎《うと》さを思えば「有名なインフルエンサー」のファンだったとは考えづらいから、彼はきっと小説を読んでファンになった一人なのだろう。夜さり、目合《まぐわ》いに行っていたあの女は「作者本人」にはまるで興味のないファンだったが、本のカバーの袖にある著者近影には、嵯峨野永太郎の顔が載っているのだから覚えていてもおかしくない。

つまり初めて会ったとき、類にとっての俺は『長月響』を名乗る『本名・墓森響』という謎の男の霊」だったわけだ。

当然、世間的には作家・長月響は死んでもいなければ行方不明になってもいない。

消えたのは、天涯孤独の名もなき作家志望の男……。

だからこんなにも、騒がれなかったのかと思い知る。

——迷いたくないから ね。

俺を下の名前で呼ぶことに決めたときの、類の言葉。

いつか本当のことが明らかになったとき、「長月」とは呼び続けられないかもしれないと、彼はわかっていたのだ。

遠くから人の声が聞こえた。水底へ響くように……。

「おや、この小匣は……霊つきですね」

知らない人の声だった。どこか嬉しそうな紳士然とした声だ。

霊つき……今まで何気なく使っていたその言葉が冷たく響く。

まさか、と胸が震えた。

しかし予想に反して、彼ははっきりと言った。

「ええ、だけど売り物ではないんです。これは誰にもお譲りできません」

「それは残念」と、紳士の含み笑いが遠ざかっていった。

匣が微かに揺れる。じわりとした人肌の熱が壁から染みる。

あ……。

――読めばわかるよ。君は誰よりも君の小説らしい人間なんだ。

最初は疑われていたのかもしれない。

だが彼はすぐに、気づいたのだろう。

気づいてくれたのだろう、俺が長月響だと。

あの日々にあった、なんということのない会話がこんなにも懐かしくなるなんて。

憂いが溶けていく。

闇のなかで瞬きをした。二つの目は揃って天を向いていた。

少し、眠ろうと思った。


またどれくらい時が経ったのか……。遠くからの声が聞こえて、目蓋を開く。

「お願いします、いくらでもかまいません。その匣……なにか感じるんです」

爽やかさの消えたその声に俺は少し驚いて、意識が浮上してくる。

嵯峨野だ。とはっきりと思う。思考は、とてもクリアだ。

「これは売れないいんだ」

「人を、探しているんです……！」

一見、まるでかみ合わない会話。だが類の浅い溜め息には、すべてを見通した響きが宿っていた。

「その人は、きっと僕を恨んでいます」

「それはどうだろう」

「みくさんになにがわかるって言うんですか」

「わかるよ。そんな人じゃあ、ないから」

「墓森さんを知っているんですか……？」

嵯峨野の愕然とした声。

「君よりずっとね」

匣が浮く。

「これは誰にも渡せない」

彼の手は温かかった。

「なんでこうなったのか、元気になった彼の口から聞かなくっちゃあ……」

どうして……わずかでも疑ってしまったのか。

得体のしれないやつだが、何度も助けてくれたのに。

ただ一人、俺を俺だと見抜いてくれたやつなのに。

——僕、あんまり信用ない……？

俺はそろそろと、崩れそうな指先で目尻を拭った。

匣の心地よさはどんな言葉より雄弁だった。類はこの貴重な品を、惜しげもなく汚れ果てた俺に使ってくれたのだ。

みしり、と耳元で音が鳴る。

馬鹿だな、と己に呟いた言葉は音にならない。


——そして、さらに長い長い眠りのあと、耳元でカチリと音がした。

天が口を開け、橙の灯りが降る。

息を吸う。肺に空気を溜めると、躰はふうっと浮き上がり……。

目を開けると、匣の傍らの床で横たわっていた。

「響さん」

引き戸の向こうは真っ暗だった。丑三つ時だと、なんとなくわかる。霊が一番活発になる時間……と昔、類が言っていた。

手を持ち上げて、目の前にかざす。

まだ黒ずんでいたけれど、人の形に戻っていた。

「どう？」

「……ああ」

言葉はそれで十分だった。

類が胸に抱いた美しい小匣に、音を立てて大きな罅《ひび》が入った。

了

死因

あの匣はしばらく経つと、罅が広がってひとりでに割れてしまった。

「穢《けが》れを引き受けすぎたのさ」と類はなんてことないように言って、淡々と破片を処分した。

「悪い……いくらした？」

「プライスレス」

「弁償くらいさせてくれ。高値で引き取ったのは知ってるんだぞ。金ならあるんだよ」

類はくすくすと笑って、店の床に横たわる俺を見下ろした。

「それだけ喋れれば心配ないね」

彼は乱れた俺の前髪をかき上げようとした。もちろん触れはしない。それでまた俺たちは小さく笑った。

ずいぶんと長いことあの匣のなかで眠っていたような気がしたが、カウンターの上のカレンダーを見ると三日しか経っていなかった。

躰を起こした俺は、いつもの色と透け具合に戻った己の手のひらに視線を落とした。

「迷惑かけたな」

「うん」

「どうして、言ってくれなかったんだ？　本当のこと」

「自分で思い出さないと意味がないから」

まるで悪びれない彼に少しの不満を感じるも、彼が言うのならそうなのだろう、と思えた。

「霊というものはデリケートなんだ。真実を突きつけて、いい結果になるとは限らない。僕もすべての事情を知ったわけじゃないから、無責任なことは言えなかったし。君がゴーストライターなのかもしれないっていうのも、推測の域を出なかった」

はぁ、と俺は大きな溜め息をついた。

「一瞬売られるのかと思ったよ……あの小匣ごと、霊つきのアイテムとして」

「そんな非情な人間に見えるの？」

俺は首を横に振る。

「一瞬、だよ。そんなことありえないって、すぐに思い直した」

そして正面から彼を見すえた。

それ以上言葉を重ねるのは気恥ずかしかったが、類はそんな想いすら察してくれたのか、碧い目を細めて頷いてくれた。

「……それより、嵯峨野が店へ来たのか？」

「おや、聞こえていたのかい。そうだね……さすがになにか直感したみたいで、また『導かれた』んじゃないかな。彼も心労が溜まっているみたいだよ。嘘というものは、つき続けると自分も世界も蝕《むしば》んでいく。どれだけ耳触りのいいお題目で自分を納得させようとしても、心の奥底は騙せないからね」

「嵯峨野……」

類は不服そうにじっとりと目を細めていたが、改まって尋ねてきた。

「──で、肝心の死因は思い出せたかい？」

それを聞いて、躰の芯がぞくっと震えた。

浜昼顔の崖。その断崖から伸びる亡者の手、手、手……。

「あぁ……俺は自殺なんかしていない」

呼ばれた。

曳《ひ》かれた。

あれは……。

長月響の二冊目を上梓し、三冊目の原稿を書き終えたころ、そいつは突然現れた。コンビニへ昼食を買いに行く道すがらだった。

若い女だった。服装は地味な色のオフィスカジュアルで、どこにでもいる成人女性、という感じだ。

あぁ……彼女のことも、死んで以来すっかり忘れていた……。

「墓森さんですよね？　ちょっとお話よろしいですか？」

驚いて反応が遅れる。ゴーストライターを始めてからというもの、見知らぬ人間に対する警戒心は増していたので、俺はそっけなく応じた。

「いえ、人違いでは？」

「これあなたですよね？」

女が鞄から取り出したのは、何枚かの写真。そこに写っていたのは、公民館の教室に並んで座る嵯峨野と俺だった。窓の外から撮ったような斜めのアングルだ。重なった写真を捲ると、他にも飲み屋にいるところや、ファミレスで互いの原稿を読み合う姿、それから……公園のベンチで揃って暗い顔をしている姿が、写されていた。

「わかってるんですよ。全部」

見開かれた茶色い両目がじっと俺を見上げていた。

石田《いしだ》穂乃果《ほのか》。

黒電話の彼女。

喫茶店に場所を移した俺たちは、差し向かいで湯気の立つコーヒーを睨んでいた。

――嵯峨野くんは変なファンが湧きやすいんだから……。

和高まりも言っていた。嵯峨野に取材に来たＷｅｂメディアの女がストーカー化したと。つまり、それが……。

「小説講座を張ってみたんです。そのうち私も入会しました。なのに……嵯峨野くんは入れ違いみたいに辞めてしまった。まさか私が嫌で辞めたのかと思ったら、すっごく悲しくて……家を訪ねてみたんですけど、話すら聞いてもらえなくて……」

嵯峨野がどんなリアクションを見せたのかはわからないが、あいつのことだから、怒ることはできなかったのではないか。ただ怯えたのではないかと思う。

――家に来る、なんて、恐ろしい……生きた人間が勝手に来るのだって恐いじゃないですか。

彼女の怯え方は、とんだ茶番だった。

あれは、されたことがあったのではなく、自分がしたことがあったのだ。

やはり、後ろめたいことがあると怪を呼び寄せやすくなるらしい。

〝つけ込まれる〟ということなのか。

石田はぎっと歯嚙《はが》みして、続けた。

「でも、そのあとすぐ作家デビューしたんですよね。驚きましたよ、以前から文章系の仕事したそうだなって思ってたけど、正直たどたどしかったから。ＳＮＳの短い投稿すら読んでて鉛筆入れたくなるんですよね。それが可愛いんだけど、日本語書けてるから百点っていうか。ともかく夢を叶えて偉いなぁ、って泣いてたんです」

石田は角砂糖を入れてコーヒーをかき混ぜながら言った。

くるくる、くるくるくるくると。

「でも、いざ発売した本を読んだらですよ。やっっっ……ばいじゃないですか」

彼女は目を瞠ってこちらを見つめてきた。

「狂人が書いてる文章でしょ、あれ。そりゃ書評家たちも騒ぎますよって感じ。陰気で鋭くて端正で、強固な自分の世界全開の。回りくどい物語。好き嫌いがはっきり分かれそう。活字に酔える人が書いてる、活字に酔える人のための文章」

絶対違うなっ、て。

と、彼女は語気を荒らげた。黒い水面が渦巻き、数滴はねる。

「そこで、ほぼ同時期に辞めたあなたのことを思い出したんです。仲いい……っていうか、嵯峨野くんがわんわんって慕ってるって感じだったけど。教室の人に訊いてみても『墓森さん』っていう名前しかわからない。すごく影の薄い人だったようでした。誰も覚えてない、新人賞の最終選考に残ったとかで話題になったこともあったみたいでしたけど、それでも誰もあなたの書いた小説が、どんなものか知らなかったんです。もう気になってしょうがなくって……気になって、気になって、気になって気になって気になって気になって気になって……」

俺はもうはっきりと彼女を睨みつけていた。

「で……？」

「恐い顔しないでくださいよ。認めるんですか？」

「なにを」

内心は、激しく焦っていた。背中にびっしょりと汗をかいていた。

「まったく、失礼な憶測だ」

「そうですか？　できすぎてると思いますけど。タイミングよく辞めた二人、嵯峨野くんが書いたとは思えないクオリティの小説、そしてあなたは新人賞の最終選考に残るほどの実力の持ち主で……」

油断か、慢心か。「実力」という言葉を出されて、俺は不自然に視線を逸らしてしまった。誰も知らないはずの自分の実力が口の端に上ったことが、自尊心をくすぐったとでもいうのだろうか。よりによってこんな状況で……。

こんなときでも自己顕示欲を捨て去れない。

だって、書いたのは俺なのだ。

石田はそれを見逃さなかったらしい。にやっと微笑む。

「やっぱりおかしいですよこんなの。嵯峨野くんのためにならないでしょ。あの子、ちょっと頭弱いから事務所とか出版社の人に言いくるめられちゃったんじゃないですか」

「さっきからなんなんだ、その小馬鹿にしたような言いようは。お前本当に嵯峨野のファンなのか？」

「いいえ？」

彼女は冷めたコーヒーに口をつける。

「もう違います。今はただ憎たらしいんです。家まで行ったのに、ガン無視されて……」

「は……？」

「私は心配してただけなのに。ていうか自分勝手じゃないですか。誰も求めてないのに小説書きたいとか。ファンたちに支えられてるの、わかってない。誰のおかげで活動できてると思ってるんだろう。反抗期かって」

眩暈《めまい》がしてきた。嵯峨野には変なファンが多いと聞いていたが、こんなやつが他にもいるのだろうか。

石田はまるでまっとうな人間のように、落ち着きはらった様子で「あなたは」と言った。

「――このままでいいんですか？」

声が胸に突き刺さる。

「いいんですか？　あなたは天才なのに。ゴーストライターのままで……！」

――あの黒電話から聞こえてきた若い女の声……。

そうだ、この声だ。このセリフだ。

そして彼女は堰《せき》を切ったように捲し立てたのだ。黒電話越しではノイズで聞き取れなかった言葉が、記憶のなかで剃刀《かみそり》のように閃いた。実際にその言葉を聞いた瞬間は、錐《きり》で胸を突かれたように痛かったのだ。

「――全部、納得してやっているんだよ……！」

俺はそう吐き捨てた。

「本当に？　あなたはあんなにすごい小説を書くのに、それらすべて嵯峨野くんの手柄になったままで、いいと？」

「今の結果は、あいつの知名度があったからこそなんだ。だから……」

彼女はボイスレコーダーを机の上に置いた。

「明言、しましたね？」

石田は一転して冷たい表情に変わった。

「怯えないでくださいよ。いい作戦があるんです」

「作戦？」

「墓森さんにとっても絶対にいいことですよ」

「……？」

「私が嵯峨野くんを炎上させます、この音声で」

彼女は顔の横で銀色に光るレコーダーを振った。

「そしたら、あなたは新しい小説を別の出版社に持ち込めばいいだけです。簡単ですよ、すでに評価されてるあなたなら。『インフルエンサーのゴーストライターにされた悲劇の小説家』なんて、話題性抜群でしょ？　私の会社、Ｗｅｂメディアをやっているんですけど、そこでも特集できるかも」

予想外の提案だった。

恐ろしいのは、その告発が社会的に酷く正しい行いに見えることだった。

嵯峨野の偽りの名声が剝がれ、本当の作者である日陰の俺が報われる……。世論は絶対に俺に同情するだろう。俺は名実ともに、本当の小説家になれるのだ。

一秒も迷わなかったと言えば嘘になる。

それでも、俺は首を強く横に振った。

石田は憤ってテーブルの縁を摑む。

「なんでですか？　本当は嫌なんでしょう？　ゴーストライターなんて」

「そうじゃない、そうじゃないんだよ……！」

少なくともあいつは名声なんか欲してはいない。

俺も……やっとの思いで自作が世に出たのに、本当はずっと苦しかった。

慣れたなんて嘘だ。本心に蓋をしていただけだ。それでも。

「選んだのは俺なんだ……！」

「嵯峨野を売ればいいだろ！　あんたいいように使われてるんだよ！　この[redacted]……！」

彼女はいきり立って唾を飛ばす。

俺は身を乗り出し、ボイスレコーダーを掴み取った。端に手をかけていた彼女が慌てて引っ張る。長い爪が手の甲に刺さる。それを無理やりもぎ取って、走って店を出た。

「ちょっと……！」

追いかけてきた彼女の声も、外へ飛び出すとドアチャイムの音にかき消えた。走りながらデータを消そうとボイスレコーダーを操作しようとしたが、指紋認証がついていてロック画面から先には進めない。

「くっそ……」

会計を済ませたらしい石田が店を出てくる靴音が聞こえた。遠くの海が目に入る。俺はそっちを目指して、知らない道を勘でひた走った……。

温い風が頰を撫ぜる。

海へ、と思った。海へ捨ててしまえ。

気づけば丸太の敷かれた階段のある、林の前に立っていた。

そう、浜昼顔の崖だ。

だがそれだけではないおかしな衝動が、背中を押した。林に挟まれた遊歩道を駆け上がる。

潮の匂いがした。ハマヒルガオの蔓《つる》を踏む。なんだか頭がぼうっとしてきた。

崖の縁には先客がいた。背中を丸めた、青い顔の男……か女かもわからない、影。

「はぁ……はぁ……はぁ……！」

妙な動悸は高揚感に似ていた。

捨てろ、捨てろ、と頭のなかの自分が叫ぶ。

俺が間違っていた。

だが、石田の提案したような形で明かすのは違う。

嵯峨野を責めるのは違う。責められるべきは……。

青い顔の影が振り向いた。

ぬぼおっと、嗤ったように見えた。

「はぁ……あ……？」

脂汗で手から滑り落ちそうなレコーダーを握り直す。

捨てろ。捨てるんだ。

一歩、一歩。断崖へ引き寄せられていく。

そのとき、耳鳴りがして、急に周囲が薄暗くなった。

視界が狭まり、崖しか見えなくなる。縁から黒いものが伸びてきた。

無数の手だった。

真っ黒な細いそれらは次々と増えて、やがて数えきれないほどに……。

「あ、あぁぁ……！」

振り上げた手を、後ろから何者かに摑まれる。

「離せ……」

これを捨てないといけないんだ……。

黒い手が俺のあちこちを摑んだ。前へ前へと引きずられる。

ずるりと足元が滑り、内臓が浮く。

「……！」

次の瞬間、俺は片手で崖に摑まっていた。

なんで……。

足首にはおびただしい数の影がぶら下がっている。

なんで、こんなことに……。

――そして一瞬の衝撃のあと、海の冷たさが俺の意識を塗りつぶした。


類の私室では振り子時計の音だけが満ちていた。

床でうずくまった俺は深呼吸をする。

すべて語り終えたあとも、ソファにかけた類は脚を組んだ姿勢のまま黙っていた。そうして一分ほど経ったのち、ようやく「なるほど」と言った。

「引きずられてしまったんだね……負の想いに、つけ込まれたんだ」

「そういう、ものなのか」

「自殺の名所ってのは、そういう悪循環ができているんだ。だから、たまに死ぬ気がない人も引きずられてしまう……」

大きな溜め息をついた背中を、なにかがすり抜けた。

類の手だった。

「災難だったね」

「…………」

どう答えていいのか、わからなかった。

自分に悲しむ資格があるのだろうか。

幸いと言ってはなんだが、痛みはよく思い出すことができなかった。苦しいと感じる暇もなく死んだらしい。

「ボイスレコーダーは海の藻屑《もくず》になったみたいだ……。石田も、撒かれたと思ったまま家に帰ったんだろう」

「だね。君は守れたんだよ、彼を」

なにげない言葉が、微かに胸を軽くした。

「響さんの躰も海の底、か……」

そうして類は戸口を見た。外が白んでいた。

地球は今日も俺を抜きに回っている。ともかく。

「事故だった」

俺は大きく息を吸って、浮き上がる。

もうなにも考えなくても自然にできた。霊の俺は歩くように飛べた。

「一旦休むといい。帰ってもいいし、ここで寝ててもいいし。落ち着いたらどうしたいのか考えなよ。生きている人間にしかできないことがあったら、僕がなんとかするから」

「あ……あぁ」

類は軽く首をかしげる。

あまりにいつも通りな彼の様子に拍子抜けしたが、少しだけ肩が軽くなった。

そうだ、俺はもう死んでいるんだから。

なるようにしかならないのだ……。

了

ウィジャボード

ウィジャボード。

とは、一言で言うなら欧米のこっくりさんだ。

二十六文字のアルファベットと数字、「YES・NO」「GOOD　BYE」といった言葉が書かれた板の上に、プランシェットというギターのピックのような小さな板を置いて指を乗せ、ひとりでに動くそれに、文字を指し示してもらう。

そんな「交霊術」に使う道具だ……。

「道具というより、元々はおもちゃだったんだよ」

類は丸テーブルに置いた道具を見下ろして言った。

「向こうでは日本のこっくりさんみたいな雰囲気じゃなく、占いや遊びみたいなイメージだ。最近は集団ヒステリーに発展したなんてニュースもあるようだけれどね……と、与太話は置いといて」

彼の動きで蠟燭《ろうそく》が揺れ、テーブルを囲っていた二人の人物が顔を上げる。

そのうちの一人が引きつった顔で尋ねた。

「あの、御蔵坂さんは誰と話して……？」

「ですから、響さんですよ」

濱氏は唇を引き結んだ。隣に座った嵯峨野は、暗い顔でボードを見つめている。

事の起こりは先週に遡る。


自分の死の真相がわかってからも、俺の生活はなにも変わらなかった。

漠然と、すべてを思い出したら成仏するんじゃないかと思っていたのに、そうはならず、以前と同じように漂うばかりだった。

それなのに嵯峨野は諦めずに美蔵堂へ通ってきた。すっかりやつれた青い顔をして、何度も俺のことを聞きだそうとするものだから、さすがの類も頭を悩ませた。

「お願いです、力を貸してください。実は、担当編集の濱さんが取り憑かれて参っちゃってるんです」

「へ？」とカウンターでお茶を飲んでいた類と、天井付近に浮いていた俺は同時に声を上げた。

「先日、おかしな電話が墓森さんからかかってきたそうです。叫び声と、どろどろ、ぐちゃぐちゃ……っていう気味の悪い音がしたって」

「どうして……」と呟きながらすぐに思い至る。

ヘドロ……。

あのとき俺は、ヘドロになった躰でパソコンに縋りつきキーボードを叩いていた……気がする。

「さらには文字化けしたメールまで。それ以来、突然パソコンやスマホが落ちたり、真っ黒な画面にプログラムみたいな文字がびっしり流れたり……変なことばかり起きるようになって、濱さんついに参って倒れてしまったとか」

「え……」

俺はしゅるしゅると地に落ちた。

「それは、今も続いているのかい？」

「今は、わかりません。長めのお休みをもらうことになったそうなので」

「たぶん一過性のものだから、もう起こらないと思うよ」

そう言って類は俺を一瞥した。おそらく、あのときに無意識に呪いをまき散らしたに違いない。

「そんなの、どうしてわかるんですか？　もし濱さんにこれ以上なにかあったら……！」

嵯峨野はかぶりを振る。

「墓森さんは音信不通になってしまっただけだと思っていました。俺を避けてるんだと……、でも、やっぱりなにかあったに違いないんです。お願いですから知っていることがあるなら教えてください……！」

嵯峨野は俺の家を知らない。現代社会では連絡先がわからなくなったらあっさりと繋がりは切れてしまう。死んだも同然に。

あぁ、成仏できるわけなかったんだ。こんなに未練を残して……。

「類」

俺は両手を握り締めて言った。

「彼に本当のことを話してくれないか」

「……いいの？」

「もう、終わりにしたいんだ」

それがあるべき姿だろう。

嵯峨野が不思議そうな顔で、俺に向き直っていた類に「もちろんです、教えてください」と返事をしていた。

類は短く唸って、嵯峨野を振り返った。

「じゃあ、呼んでみようか――」

「本当に、墓森さんはここにいるんですか？」

濱氏は怯えと期待の籠った声で言い、身震いした。

「あの電話やメールを受けてしまったら、御蔵坂さんのお話も信じざるを得ませんが……それでも、墓森さんが亡くなっているだなんて信じたくありませんよ……」

彼にはずっと世話になっていた。会うのは——向こうには見えていないが——数年ぶりだ。俺のせいで倒れてしまったなんて、面目ない。

「いますよ、ちゃんと。——始めましょうか」

類は明かりを消してプランシェットに指を置く。促されて二人が続いた。時刻は二十一時。店の一階は真っ暗だ。テーブルに数本立てた蠟燭の灯りだけが頼りだった。

ふいに耳鳴りがして、空気が変わったのを感じた。

事前に類に言われていた通り、俺も指先を乗せる。プランシェットはすり抜けることなく、つるりとした質感が指に這いあがった。触れた。

「ウィジャボードって、英語で質問しないといけないいんでしたっけ」

「いや響さんは日本人だから」

真顔で尋ねた濱氏に、類がくすりと笑って答える。

——パフォーマンス、といえばそうなんだけど。嘘ではないし、僕が通訳するよりずっと「らしい」と思うよ。

類はそんなことを言って、嵯峨野と濱氏を招いたのだった。類は彼らに俺のことをおおよそ伝えた。そのうえで彼らに、このウィジャボードを用いて俺と会話させ、信じてもらおうという計画だった。

「あなたは誰ですか？」と類が訊く。

俺は指に力を込めた。〝HAKAMORI〟と動かす。嵯峨野と濱氏は、まだ類が動かしているのではないかと疑っていることだろう。

その後も一通り基本的な質問をされた。それが終わると、短い沈黙を破り濱氏が言った。

「では、次は私から……以前電話でお話しした怪談は覚えていますか？」

〝YES〟

「その舞台は？」

〝HAIKOJO〟

「お……」濱氏は声を上げたが、類の様子を窺う。彼が俺から話を聞いている可能性はある、と思っているのだろう。

「僕、指を離しましょうか？」

二人は目を合わせて頷いた。類はあっさりと指をのけた。

濱氏は過去の打ち合わせの内容などを聞いて、徐々に納得してくれたようだった。

「本当に、墓森さんなの……？」

そのとき、こつん、と戸口のほうから音が聞こえた。

次に嵯峨野が口を開く。意外な問いがなされた。

「なぜ、成仏しないんですか」

俺は答えられなかった。

「恨みがあるからですか？」

「……っ」

即座に〝NO〟へ動かした。嵯峨野は目を瞠る。

「どうしたら成仏できるのか、俺にもわからないんだよ……」呟いた声に、二人は反応しない。

逝《い》かなければいけないのだろう。なのに……。

「響さんが成仏しない理由か。そういえば謎だね」

類は手で顎をさすった。

「え、お前にもわからないのか？」

「僕はエスパーじゃないんだ。心のなかに残ってる未練がなにかまでは読めないよ。事件に巻き込まれた怨嗟《えんさ》とか未練ではなかったみたいだし……」

「墓森さんと喋っているんですか？」

濱氏が割って入る。類は頷いた。

「そろそろ、響さんがいることは信じてもらえたようですし、ここからはウィジャボードはやめて僕が通訳しましょうか？」

また戸口のほうからこつん！　と音がした。

さっきより近い。四人同時に振り返る。

「おや、これは……待たれているね」

「え？」と俺は声を漏らす。

「空くのをさ」

どういうことだ？

そう尋ねる前に、闇の奥でなにかが落ちる音がした。ぱさり、と軽い音。

一同が肩をはねさせる。

「頼むから、割らないでくれよ」

類は苦い顔をしていた。濱氏がおろおろと彼を見る。

「え、ええ？　なんですかこれ……ポルターガイスト……？」

次の瞬間、蠟燭が一斉に消えた。

嵯峨野と濱氏は小さな悲鳴を上げた。真っ暗だ。不自然なほどに。

引き戸の窓からは、月光や街灯の灯りがぼうっと滲んでいたはずなのに。

そう言えば聞いたことがある。

こっくりさんとは、実は力のある狐の霊を呼べることは稀で、その辺に浮遊している低級な霊を呼び寄せてしまうのだと……だからでたらめばかり答えたり、なかなか帰ってくれなかったり、気まぐれに危害を加えてきたりすると……。

がたがたとテーブルが揺れる。隣から嵯峨野が息を飲む音がした。

「落ち着いて。怯えると思う壺《つぼ》だよ」

「ひっ！　今誰か、肩叩きました？」

濱氏が情けない声を上げる。

俺たちの周りを誰かが歩いていた。みっ、と床が微かに軋む。

みっ、みっ、みっ……。

「あ、あぁ……」

嵯峨野が声を漏らす。がたがたがたがた、と引き戸の硝子が震えだす。テーブルの揺れもますます強くなり、なにかが後ろから俺の髪をかすった。

なのに……下を向くと、テーブルクロスの下から真っ黒な目の女の首が突き出ていた。

嵯峨野の座っているところ、腹の真ん前に……！

――う、うわあああああーーーーーーっ！

嵯峨野と濱氏、そして俺は叫んだ。「指を離さないで！」という類の声が聞こえたが、遅かった。

すっかり癖になっていた。地面を蹴って空へ逃れようとすることが。指を離してしまった俺の耳元で、女の笑い声が響いた。

「あはははは！　あはははは！」

真横には、頭の大きく膨らんだ奇怪な女が傾いて立っていた。顔の半分を占める巨大な口がぬらぬらと光る。

俺は後ろへ尻もちをついて後ずさりした。なぜか飛ぶことはできなかった。彼女は俺のいたところに割り込み、プランシェットに指を置く。

嵯峨野と濱氏が驚いた様子でボードに目を落とした。

「あ、ああ、急に動いて……！」

「な、なにこれ……墓森、さん……？」

〝ＮＯ〟の文字を女は何度も擦った。二人には彼女は見えていないようだった。

「あぁもう、まずいな」

類が俺の傍らに来てくれた。転んだだけだと知ると、苦い顔で女を睨む。

「あはははは！　あはははは！」

「この声……！」と嵯峨野が蒼白になる。

「あはははは！　あはははは！　あはははは！　あはははは

ははははははははははははははははははははははははははっ！」

プランシェットはでたらめに暴れた。

類は辺りを見回したが、この異様な暗さでは有用な道具も取りに行けないようだった。

女が大きな口を開けた。嵯峨野の頭に、ノコギリのような牙が迫る……。

「……っ、やめろ！」

俺は立ち上がり、女に摑みかかった。触れたところがぬるりと蝕まれるような、毛穴が開く感覚があったが、しかと手首を摑み直す。

途端に、ポルターガイストは激しくなった。嵯峨野と濱氏ががくがくと躰を揺らす。

俺は死に物狂いで女の腕を摑んで、闇のなかへ突き飛ばした。女は引き戸にぶつかったのか、ガシャンという音が響いた。

「……っ！」

周囲が薄らぼんやりと明るさを取り戻していく。俺はプランシェットに指を乗せた。

「終わりの合図をしろ！　『帰ってくれ』って！」

嵯峨野が震える声で叫んだ。

「お帰りください！」

俺は〝ＧＯＯＤ　ＢＹＥ〟を指して手を離す。

ぎぃぃぃぃ、と不快な女の呻き声。それに重なって耳鳴りがした。きつく目をつむる。

——ほどなく静寂が訪れた。

ぱち、という音と共に目蓋の裏が白む。

目を開けると、そこはいつもの美蔵堂だった。電灯のスイッチの脇にいた類が、ふうーっと長い安堵の息をついた。

「み、見ましたか……⁉」

濱氏が興奮した様子で立ち上がった。嵯峨野が大きく口を開けたまま、頷く。

「はい……一瞬だけ。声も、聞こえました」

嵯峨野は目に涙を浮かべていた。

「墓森さん、助けてくれた……！」

二人は俺を探して、辺りを見回した。

一段落すると、嵯峨野は少しだけ明るい顔になっていた。

「ありがとう、ありがとう……。聞こえていると、いいんだけれど……」

類の淹れた紅茶の湯気の向こうで、彼の潤んだ瞳が細くなる。濱氏も額に手を当てて、大きな溜め息をついた。

「墓森さん……あなたって人は……」

涙声を隠しているのがわかってしまって、俺は眉を寄せて力なく笑った。

「あの笑う女の霊、響さんから聞いたことがありますよ」

類は嵯峨野に向かって言った。

「おそらく、あれは集合体ですね。色んな悪い感情の」

「集合体？」

「うん、誰か特定個人の霊じゃなくって、たくさんの人の想い。主に女性だろう。人気商売は、特に疑似恋愛みたいな感情が募るものはね、ああいうのが湧きやすい。普段は形になることなんてほぼないものだけど……」

嵯峨野は下を向く。そういった感情が募るのは、彼が意図したことではないはずだ。

「〝嘘〟に、つけ込まれてしまったんだろう」

「嘘……」

「罪の意識だよ」

嵯峨野はがっくりと、わかりやすくうなだれていたが、突然自分の両の頰を叩いた。

「じゃあ、もう大丈夫ですよね。嘘は終わりにするんですから」

類と濱氏は少し驚いたものの、優しく微笑んだ。

「さて」と濱氏が辺りを見回す。俺を探しているのだとわかった。

もうウィジャボードを使わなくても、嵯峨野と濱氏は俺がそこにいることを信じ、類に通訳をさせていた。

「どうして、成仏できないんでしょうね……？」

嵯峨野が言った。類は腕を組んだまま唸る。濱氏も顎をさすりながら言う。

「ホラー小説のセオリーでは、やはり『未練が残っているから』とか『明かされていない謎があるから』って原因が多いですが……いかがでしょう？　墓森さん、心当たりはありませんか？」

濱氏は俺のいる辺りへ声を投げた。

「謎……いいや、俺は全部思い出した」

さらなる真実などないはずだ。類がそんな俺の言葉を二人に伝えた。

時計の音が響く。みんな同じことを考えているのだろう。この状況をどうしたらいいのか、と。

紅茶が冷めたころ、嵯峨野が「あ」と、てんで的外れに天井を見上げた。

「そもそも、成仏したいと思っているんでしょうか？」

改めて聞かれると、とっさには答えられなかった。

したいか……だと？

いや、しなければならない……のではないか。

死因を思い出してからは、そう思っていた。

だが……。

「したくない、のか。俺は……」

口に出すと自覚できた。

「成仏できないって苦しくないんですか？」

嵯峨野に問われた類は、そうか、と両手の指を合わせた。

「響さん、まだ小説が書き足りないんじゃないの――？」

了

幽霊作家と古物商

名枯荘の二〇三号室に、青いツナギを着た業者の人たちが入っていく。

立ち会っているのは、俺の叔父夫婦、類、嵯峨野、濱氏、そして管理会社の人——一階に住んでいた大家の井倉《いくら》さんが孤独死したあと、引き継いだらしい——の六人だ。

「家賃を滞納すると本当に連帯保証人に連絡がいくんだな……」

誰にともなく……いいや、類にしか聞こえないのをわかっていて呟いた。彼はすべて飲み込んだように、小さく鼻を鳴らした。

叔父夫婦は神妙な顔で俺の友人たちに頭を下げた。

「来ていただけて助かりました。突然不動産会社から連絡が来て驚いたものですから……」

「いえ、身内の方と連絡が取れてこちらこそ助かりましたよ。我々もここ数か月連絡が取れなくて、困っていたものですから。まさか墓森さんが失踪……とは……」

俺の友人のふりをした濱氏が哀しげな顔で返す。

叔父たちとはあまり密な関係だったわけではないが、両親の葬式以来なにかと世話になっていた。この家の連帯保証人も、最初は父だったのが、彼が事故死したあと叔父がそれを引き継いでいてくれた。そういった、諸々の事情に鑑《かんが》みて。

俺はきちんとこの世から退場しておかないといけないと思った。

この先、突然成仏するようなことがあったら方々に迷惑をかけるだろう。

だからその前に、やれる限りの整理をしておきたい。

死亡の証拠は出せないけれど「失踪宣告」をしてもらいたい。

そう伝えると、類はいつもの穏やかな笑みで快諾してくれたのだ。

「いいよ、相互扶助だね」と。

というわけで手始めに、ネットバンクで家賃の引き落としを解約し、家賃を滞納することで管理会社に俺がいないことを気づいてもらう作戦に出た。

すると三か月目で叔父夫婦に連絡がいったので、類と嵯峨野に、さりげなく名枯荘の周りをうろついてもらい、現地を確認に来た管理会社の人と接触してもらった。こうして彼らは「友人」として自然に俺の失踪事件にかかわることになった。

叔父夫婦は俺の失踪について奔走してくれた。もちろん捜索は無駄に終わり、警察も「家賃が払えずに夜逃げしたのでは」と、大した動きはしなかった。無理もない、この国では年間八万人もの行方不明者がいるのだ。

「小説家を目指していたようだが……もしや上手くいかないことに打ちひしがれて……」

「お父さん、やめてくださいな。きっとどこかで元気にやっていますよ」

心配、哀しみ、同情、困惑……。すべて当然の感情だと思う。

彼らは善良だ。疎遠《そえん》な甥っ子にここまでしてくれるだけで十分だった。

七年経って「失踪」が無事に宣告されれば、俺の預貯金は彼らに相続されるはずだ。

十年以上経たなければ休眠口座になる心配はない。相続後は迷惑料として心置きなく使ってほしい。

家から次々と荷物が運び出されていく。

ベッド、絨毯《じゅうたん》、家電、食器、本棚、本、本、本……。

そして俺にとってこの世で一番大事な物が、ひときわ丁寧に梱包されて運び出された。

類が前へ出る。

「あぁ、このパソコンとデスク一式です。例の、生前に響さんが『自分になにかあったら僕にくれる』と言っていた……」

「あぁ、お電話で伺いましたね」と叔母が頬に手を当てる。

「口約束でしかないのですが」

「そ、その話なら僕も聞いています！　えっと、小説講座で、『御蔵坂類という人にあげる約束をした』と……！　だから嘘じゃないです」

嵯峨野があまりにも大根だったので、予定にはなかった濱氏が割って入った。

「いかがでしょう？　墓森さんが戻ってくる可能性はゼロではありませんが、家具家電を処分せずにとっておくのもちょっと……ですよね。でしたらパソコンは御蔵坂さんに譲っては……？」

叔父夫婦が、はぁと頷いた。

「そういうことでしたら、どうぞお持ちください。処分も費用がかかりますし、本なんかもねぇ……あっても置くところがないから……」

作戦通りの言葉を引き出せた三人は、俺が「取っておいてほしい」と頼んだものを手分けして譲り受けてくれた。


部屋が空になると、俺は床にごろんと寝転がった。

「名残惜しい？」

いつの間にか隣に類が来ていた。他の人々は、外で今後の話などしているようだ。

「あぁ……十年以上をここで過ごしたんだ……」

様々なことがあった。生きているあいだも、死んだあとも。カーテンのないサッシから白い光が入ってくる。空は綺麗に晴れ渡っていた。

「御蔵坂さん」と外から濱氏の声が聞こえた。

類は鍵をかけて部屋を出て行った。

三人は叔父夫婦と別れ、美蔵堂へ向かった。俺はその背中を見ながら、高いところを飛んでいく。

このまま空の果てまで浮き上がっていけば成仏できやしないかと思ったが、上を向いても、高度はあるところまでいくと、それ以上は上がらなかった。

店の前には先んじてトラックがついていた。荷物がなかへ運ばれていく。

パソコンとデスクは二階の類の部屋に運ばれた。

「設置は次の休みでいいよね？」

「う、ん……」

「迷わないでよ、次の休みね。響さんは少し休んだほうがいいよ」

類と話していると、濱氏がきょろきょろしながら階段を上がってきた。

「墓森さんはワーカホリックですからね」

「濱氏……聞こえるんで……」

「墓森さーん、いますかー？」

淹れてきた。

「じゃあ打ち合わせといきましょうか、四人で」

一階に降りてみんなで小上がりのちゃぶ台を囲むと、類が三人分のセイロンティーを淹れてきた。

口火を切ったのは嵯峨野だった。

「僕はもう小説は出しません。インフルエンサーの活動も、大学卒業のころにはフェードアウトしようかと思っています」

類が小首をかしげた。

「小説はともかく、活動自体やめるの？　君の知名度は価値のあるものなんだろう？」

「はい、ですが元々趣味で好きなものを紹介したくて始めただけですから。変に有名になり過ぎたんです。僕は器じゃなかった」

嵯峨野はしっかりとした口調で言った。

まだまだ学生だと思っていたが、なんだか急に大人びて見えた。

「無名の趣味アカウントに戻ろうと思います」

類も濱氏も、そして俺もその決意を受け入れて頷いた。

次に、濱氏が言う。

「では墓森さん、次の作品ですが」

俺はぎょっとして、類とアイコンタクトをして話し出した。

「あの……本当にやるんですか？　『別名義で再デビュー』なんて」

類がすっかり慣れた様子で代弁してくれた。

「もう、まだ覚悟ができていないんですか？」

「ねぇ？　もうパソコンも運んじゃったのに」と類も加わる。

「でも、俺に作家を続ける資格なんて……。それに、また嘘をつくことになるんじゃあ」

「それでも僕は墓森さんの小説を出したいです」

濱氏は腹の据わった様子で言った。俺を見る視線の高さはズレていたけれど。求められれば、どうしたって自尊心はくすぐられる……。

「今後は新しいペンネームを考えていただいて、僕が『ネットから見つけてきた無名の作者の原稿』ということにしましょう。社内でも誰も正体を知らない覆面作家として、僕が誤魔化し続けます。地方の作家さんなんかだと、編集者とリアルで会ったことがないパターンも増えていますし。これだけの原稿を読めば編集長も絶対評価してくれます。企画は通りますよ」

「それ、濱さんは大丈夫なんですか？　もしもバレたら……」

「バレたら……うーん、そうですね。幽霊が原稿を書いていたなんてバレるもなにもない気がしますが。問題が起きたら『音信不通になっちゃった』とか？」

なんにせよ、うまくやらないとトラブルの種になるだろう。それなのに。

「なぜ……、そこまでしてくれるんですか？」

そこまでして自分が小説を書く意味があるのだろうか。

また、悲劇を生みはしないだろうか。

それが恐い。

彼は、「墓森さん」と声のトーンを落とした。

「成仏できないくらい書きたい気持ちがあるのに、書かないなんて嘘ですよ。だって、こんなにも才能があるんですから。断言します。あなたという才能が退くのは文芸界の損失です。僕は編集者としても、一ファンとしても、墓森さんの次の小説が読みたい……！　もちろん、無理強いはできませんが。だけど誰にも迷惑のかからない嘘なら、僕は許されると思います」

彼は一息に言った。

「正直、ゴーストライターの件を聞いたときは頭が痛くなりましたよ。嵯峨野さんが憎らしくもなりました。だけど、ここでやめたら墓森さんの小説を読めなくなるんじゃないかと思って……悪いことと知りつつ黙っていました。そうです、僕はとっくに魅せられているんです」

スマートで陽気な印象だったぶん、こんなに真剣で熱い言葉が出てくるものかと驚いた。

　意外なことに、嵯峨野も加勢した。

「成仏するためには、満足するまで書き続けるしかないんじゃありませんか？　僕は、墓森さんが悪霊になってしまったら嫌です」

　そして、精一杯笑ってみせた。

「それに僕も、新作が読みたい。試してみたくないですか？　無名の作者として、小説だけで」

　俺は両手で顔を覆い、天井を仰いだ。

　類が声を出して笑う。嵯峨野と濱氏が不思議そうに彼を見た。

「これだけ求められているんだ、やればいいじゃないか」

「類……だけど、問題は他にも……」

「本当に？　できない理由を探していないかい？」

　俺は両のこぶしを固く握った。

「躰と口座なら僕が貸すよ。覆面作家の正体は、僕でいい」

　嵯峨野がなにか言おうとしたのか、丸く口を開いた。自分の二の舞を恐れているのだろう。だが、類に限ってその心配はない。彼はその辺は綺麗に割り切ってやりそうだ。

「そうだ、これ以上嘘を重ねるのが厭なら、正直に言えばいい。『幽霊が書いてます』って」

はあ？　と俺たちは声を上げた。

「僕は『イタコ作家』って公言するんだ。幽霊をこの身に下ろして小説を書いていますって言い張ればいい。躰こそ貸していないが、嵯峨野くんが書いたってことにしてたことは大違いだろう？」

しん、と静まり返る。しかしそれはわずか数秒で。

「ほほう、面白いキャラですね！」

「キャラでいいんですか、それ？　いいのかな……いいかぁ」

濱氏と嵯峨野が食いついた。

「ちょっと待て……」

俺は呟くが、類は薄く笑って流し目をくれた。

「僕も次の本が待ち遠しいんでね」

不思議なことに、彼に言われるのは他の二人に言われるより重かった。

心臓がむず痒くなるような、高揚。

「俺は……」

あの日。

躰も、記憶も、寄る辺すらない俺を見つけたのは彼だった。

「長月響」は、他でもない俺なのだとわかってくれたのも彼だった。

その彼が、読みたいと言ってくれたんだ。

俺には才能がある。

嵯峨野に筆を折らせ、濱氏に嘘をつかせ続けるくらいには。

そして躰を失くしても。

なお飽かぬ欲求が残っていた。

「許されるのなら、また書きたい」

三人は、優しい顔で頷いてくれた。


――そして月日は流れ。


美蔵堂の二階、類の私室に住むようになった俺は、今日も部屋の隅のパソコンで原稿を書いていた。ぱちぱちぱちぱちと、キーボードの音が鳴る。

このパソコンが壊れたら俺はどうなってしまうのだろう？

……いいや、そのときこそ成仏するのかもしれない。

そのときはさすがに受け入れよう。

この世にいるべきではない、死者として……。


住む場所が変わっただけで、日々の様相は変わらない。

毎日、毎日、小説を書く。

合間に電子書籍を読み、メールや電話をし、気晴らしに空中散歩をする。

嵯峨野にはいつか電話をしてみようと思っていた。

またあのころのように屈託なく笑い合えたらいいのだが……もう少しだけ時間が欲しい。

気持ちを整理する間も、小説を書くしかなかった。


やがて、本屋には幽霊生活で得たネタを糧に書いた「霊乃《れいの》響」という作家のデビュー作が並んだ。叔父夫婦が本屋で見つけないとも限らないので、陰気な苗字は捨てた。

独りで本屋へ行って、その背表紙を見たとき、俺は不覚にも一粒の涙をこぼしてしまった。幽霊だから、そんなものは出ないと思っていたのに――。

「霊の響」は、そんなわけで今も小説を書き続けている。

「――おーい、響さーん」

エンターキーで改行を入れたところで、階下から声がした。

「ねぇ、下りてきてよ。おかしな壺を買い取ったんだ。ちょっと見てくれないかい？」

俺は背もたれに寄りかかり、大きく伸びをした。

息を止めて目をつむる。

躰が椅子を、床を貫いて、むろむろと落ちていった。

了

この作品は文春文庫のために書き下ろされたものです。

デザイン　木村弥世

ＤＴＰ制作　エヴリ・シンク

文春文庫

幽霊作家《ゆうれいさつか》と古物商《こぶつしよう》
夜明《よあ》けに見《み》えた真相《しんそう》

定価はカバーに表示してあります

2024年10月10日　第1刷

著　者　彩藤《さいどう》アザミ
発行者　大沼貴之
発行所　株式会社 文藝春秋

東京都千代田区紀尾井町 3-23　〒102-8008
TEL　03・3265・1211㈹
文藝春秋ホームページ　https://www.bunshun.co.jp

落丁、乱丁本は、お手数ですが小社製作部宛お送り下さい。送料小社負担でお取替致します。

印刷製本・TOPPANクロレ
Printed in Japan
ISBN978-4-16-792287-0

（　）内は解説者。品切の節はご容赦下さい。

恩田　陸
終りなき夜に生れつく
ダークファンタジー大作『夜の底は柔らかな幻』のアナザーストーリーズ。特殊能力を持つ「在色者」たちの凄絶な過去が語られる。至高のアクションホラー。（白井弓子）
お-42-6

恩田　陸・米澤穂信・村山由佳・窪　美澄・彩瀬まる
阿部智里・朱川湊人・武川　佑・乾《いぬい》ルカ・小池真理子
妖し
暑い日に起こるある出来事。なぜか思い出すもう一人のわたしの記憶……。それは不思議な夢か妄想か。あなたが見ている世界は本物ですか？　10人の執筆陣が紡ぐ、奇譚アンソロジー。

お-42-51

木村盛武
慟哭の谷
北海道三毛別・史上最悪のヒグマ襲撃事件
大正四年、北海道苫前村の開拓地に突如現れた巨大なヒグマは次々と住民たちを襲う。生存者による貴重な証言で史上最悪の獣害事件の全貌を描く戦慄のノンフィクション！（増田俊也）
き-40-1

櫛木理宇
鵜頭川村事件《うずかわむらじけん》
亡き妻の故郷・鵜頭川村へ墓参りに三年ぶりに帰ってきた父と幼い娘。突然の豪雨で村は孤立し、若者の死体が発見される。狂乱に陥った村から父と娘は脱出できるのか？（村上貴史）
く-41-1

乃南アサ
水の中のふたつの月
偶然再会したかつての仲良し三人組。過去の記憶がよみがえるとき、あの夏の日に封印された暗い秘密と、心の奥の醜さが姿をあらわす。人間の弱さと脆さを描く心理サスペンス・ホラー。

の-7-5

乃南アサ
軀《からだ》　KARADA
娘の美容整形につき添った母親、女性の膝に異常に興奮する男、頭髪を気にして怪しい発毛薬に手を出した青年など、人体のパーツへの異様な執着を描くホラー短篇集。（朝宮運河）
の-7-13

三木大雲
怪談和尚の京都怪奇譚
死者からの電話、人形の怨念、死神に救われた話……。京都の古刹住職が相談された怪奇譚の数々。怪談名人が語る現代版「耳袋」。見えない世界に触れることで、人生が変わる——。

み-40-1

三木大雲
続・怪談和尚の京都怪奇譚
京都・蓮久寺の三木住職のもとには助けを求める人が絶えません。悪霊に祟られた人、さまよう霊を供養成仏させてほしい人……。リアルな相談・体験談に説法を織り交ぜた新しい怪談。
み-40-2

三木大雲
続々・怪談和尚の京都怪奇譚
この世ではあなたが知らないだけで奇妙な出来事が日夜起きています。動く人形に訳ありの廃村……。″怪談和尚″の異名をもつ、三木住職の元に寄せられた実話怪談シリーズ第三弾。
み-40-3

三木大雲
怪談和尚の京都怪奇譚　幽冥の門篇
無人島の夜釣りで現れた光。夢で見た絵に描かれていたもの。「私」に付きまとう人影……。何気ない日常の隙間に怪異は潜みます。怖いのに、泣ける。三木住職の″新感覚″怪談説法。
み-40-4

三木大雲
怪談和尚の京都怪奇譚　宿縁の道篇
清掃人が現場のマンションで見た異様なもの、雨のなか全速力で走る雨ガッパの女、究極の心霊スポット、メモに記された恐怖体験……現役住職による大人気、怪談×説法シリーズ第五弾！
み-40-5

村山由佳
まつらひ
レタス農家に嫁いだ舞桜子は夏祭りが近づくとなぜか、夫と激しくもつれあう艶夢を見る。そこには忌まわしい事実が——原始の炎に誘われるように、祭と性愛が響き合う禁断の6編。
む-13-8

山岸凉子
天人唐草　自選作品集
毒親に育てられたり育児放棄された子供が大人になったらどうなるのか——。山岸凉子の天才ぶりを余すことなく伝えるトラウマ漫画の決定版！　著者特別インタビュー収録。（中島らも）
や-70-1

山岸凉子
月読　自選作品集
気高く美しい姉・アマテラスへの強烈な思慕を持て余すツキノオ。末弟のスサノオに姉の歓心を持っていかれ……。神話の世界を、新しい解釈で送る山岸ワールド。（桐野夏生）
や-70-2

（　）内は解説者。品切の節はご容赦下さい。

伊岡 瞬
赤い砂
男が電車に飛び込んだ。検分した鑑識係など3名も相次いで自殺する。刑事の永瀬が事件の真相を追う中、大手製薬会社に脅迫状が届いた。デビュー前に書かれていた、驚異の予言的小説。
い-107-2

伊岡 瞬
白い闇の獣
小6の少女を殺したのは、少年3人。だが少年法に守られ、「獣」は再び野に放たれた。4年後、犯人の一人が転落死する。少女の元担任・香織は転落現場に向かうが——。著者集大成！
い-107-3

歌野晶午
葉桜の季節に君を想うということ
元私立探偵・成瀬将虎は、同じフィットネスクラブに通う愛子から霊感商法の調査を依頼された。その意外な顛末とは？　あらゆる賞を総なめにした現代ミステリーの最高傑作。
う-20-1

歌野晶午
ずっとあなたが好きでした
バイト先の女子高生との淡い恋、美少女の転校生へのときめき、人生の夕暮れ時の穏やかな想い……。サプライズ・ミステリーの名手が綴る恋愛小説集は、一筋縄でいくはずがない!?（大矢博子）
う-20-3

冲方 丁
十二人の死にたい子どもたち
安楽死をするために集まった十二人の少年少女。全員一致で決を採り実行に移されるはずのところへ、謎の十三人目の死体が!?　彼らは推理と議論を重ねて実行を目指すが。（吉田伸子）
う-36-1

冲方 丁
剣樹抄
父を殺され天涯孤独の了助は、若き水戸光國と出会う。異能の子どもたちを集めた幕府の隠密組織に加わり、江戸に火を放つ闇の組織を追う！　傑作時代エンターテインメント。（佐野元彦）
う-36-2

榎田ユウリ
猫とメガネ
蔦屋敷の不可解な遺言
離婚寸前の会計士・幾ツ谷が流れ着いたのはシェアハウス〈蔦屋敷〉。離島育ちで純真な洋や毒舌イケメンの神鳴など風変わりな住人との共同生活が始まるが、相続を巡る騒動が勃発し!?
え-17-2

（　）内は解説者。品切の節はご容赦下さい。

大沢在昌
魔女の笑窪
闇のコンサルタントとして裏社会を生きる女・水原。男を一瞬で見抜くその能力は、誰にも言えない壮絶な経験から得た代償だった。美しいヒロインが、迫りくる過去と戦う。（青木千恵）
お-32-7

大沢在昌
極悪専用
やんちゃが少し過ぎた俺は、闇のフィクサーである祖父《じい》ちゃんの差し金でマンションの管理人見習いに。だがそこは悪人専用住居だった！　ノワール×コメディの怪作。（薩田博之）
お-32-9

奥田英朗
イン・ザ・プール
プール依存症、陰茎強直症、妄想癖など、様々な病気で悩む患者が病院を訪れるも、精神科医・伊良部の暴走治療ぶりに呆れるばかり。こいつは名医か、ヤブ医者か？　シリーズ第一作。
お-38-1

奥田英朗
空中ブランコ
跳べなくなったサーカスの空中ブランコ乗り、尖端恐怖症で刃物が怖いやくざ……。おかしな症状に悩める人々を、トンデモ精神科医・伊良部一郎が救います！　爆笑必至の直木賞受賞作。
お-38-2

奥田英朗
町長選挙
都下の離れ小島に赴任することになった、トンデモ精神科医の伊良部。住民の勢力を二分する町長選挙の真っ最中で、巻き込まれた伊良部は何とひきこもりに！　絶好調シリーズ第三弾。
お-38-3

恩田　陸
まひるの月を追いかけて
異母兄の恋人から兄の失踪を告げられた私は、彼女と共に兄を捜す旅に出る。次々と明らかになる事実は、真実なのか——。恩田ワールド全開のミステリー・ロードノベル。（佐野史郎）
お-42-1

恩田　陸
夜の底は柔らかな幻（上下）
国家権力の及ばぬ〈途鎖国〉。特殊能力を持つ在色者たちがこの地の山深く集う時、創造と破壊、歓喜と惨劇の幕が切って落とされる！　恩田ワールド全開のスペクタクル巨編。（大森　望）
お-42-4

（　）内は解説者。品切の節はご容赦下さい。

川越宗一
熱源
日本人にされそうになったアイヌと、ロシア人にされそうになったポーランド人。文明を押し付けられた二人が、守り継ぎたいものとは？　第一六二回直木賞受賞作。（中島京子）
か-80-2

神永　学
ガラスの城壁
父がネット犯罪に巻き込まれて逮捕された。悠馬は真犯人を捕まえるため、唯一の理解者である友人の暁斗と調べ始めることに——。果たして真相にたどり着けるのか!?（細谷正充）
か-81-1

香月夕花
やわらかな足で人魚は
人魚姫が王子を刺せなかったなんて、やっぱりウソだ。人知れず悲しみを抱えている五人の主人公たち。『昨日壊れはじめた世界で』が話題のオール讀物新人賞作家の短篇集。（川本三郎）
か-82-1

北村　薫
中野のお父さん
若き体育会系文芸編集者の娘と、定年間近の高校国語教師の父。娘が相談してくる出版界で起きた「日常の謎」を、父は抜群の知的推理で解き明かす！　新名探偵コンビ誕生。（佐藤夕子）
き-17-10

北村　薫
水に眠る
同僚への秘めた思い、途切れた父娘の愛、義兄妹の許されぬ感情……。人の数だけ、愛はある。短編ミステリーの名手が挑む十篇の愛の物語。有栖川有栖ら十一人による豪華解説を収録。
き-17-11

桐野夏生
グロテスク（上下）
あたしは仕事ができるだけじゃない。光り輝く夜のあたしを見てくれ——。名門女子高から一流企業に就職し、娼婦になった女の魂の彷徨。泉鏡花文学賞受賞の傑作長篇。（斎藤美奈子）
き-19-9

桐野夏生
ポリティコン（上下）
東北の寒村に芸術家たちが創った理想郷「唯腕村《いわんむら》」。村の後継者となった高浪東一は、流れ者の少女マヤを愛し、憎み、運命を交錯させる。国家崩壊の予兆を描いた渾身の長篇。（原　武史）
き-19-16

（　）内は解説者。品切の節はご容赦下さい。

貴志祐介
悪の教典（上下）
人気教師の蓮実聖司は裏で巧妙な細工と犯罪を重ねていたが、綻びから狂気の殺戮へ。クラスを襲う戦慄の一夜。ミステリー界の話題を攫った超弩級エンターテインメント。（三池崇史）
き-35-1

貴志祐介
罪人の選択
パンデミックが起きたときあらわになる人間の本性を描いたSFから手に汗握るミステリーまで、人間の愚かさを描く、貴志祐介ワールド全開の作品集が、遂に文庫化。（山田宗樹）
き-35-4

京極夏彦
定本　百鬼夜行―陽
『陰摩羅鬼の瑕』ほか、京極堂シリーズの名作を彩った男たち、女たち。彼らの過去と因縁を「妖しのもの」として物語る悲しく恐ろしいスピンオフ・ストーリーズ第二弾。初の文庫化。
き-39-1

京極夏彦
定本　百鬼夜行―陰
人にとり憑く妄執、あるはずもない記憶、疑心暗鬼、得体の知れぬ闇。それが妖怪となって現れる。『姑獲鳥の夏』ほか名作の陰にあった物語たちを収める。百鬼夜行シリーズ初の短編集。
き-39-2

北川悦吏子
半分、青い。（上下）
高度成長期の終わり、同日同病院で生まれた幼なじみの鈴愛と律。夢を抱きバブル真っただ中の東京に出た二人を待ち受けるのは……。心は、空を飛ぶ。時間も距離も越えた真実の物語。
き-42-2

北川悦吏子
ウチの娘は、彼氏が出来ない!!
天然シングルマザーの母としっかり者のオタク娘に、突如吹きつけた恋の春一番。娘にとっては人生初の、母にとっては久々の、恋！　トモダチ母娘のエキサイティングラブストーリー。
き-42-4

木下昌輝
宇喜多の楽土
父・直家の跡を継ぎ、豊臣政権の中枢となった宇喜多秀家。関ヶ原で壊滅し、八丈島で長い生涯を閉じるまでを描き切った傑作長編。秀吉の寵愛を受けた秀才の姿とは……。（大西泰正）
き-44-3

（　）内は解説者。品切の節はご容赦下さい。

中路啓太
ゴー・ホーム・クイックリー
戦後、GHQに憲法試案を拒否され英語の草案を押し付けられた日本。内閣法制局の佐藤らは不眠不休で任務に奔走する。日本国憲法成立までを綿密に描く熱き人間ドラマ。（大矢博子）
な-82-1

長岡弘樹
119
消防司令の今垣は川べりを歩くある女性と出会って……（「石を拾う女」）。他人を救うことはできるのか――短篇の名手が贈る、和佐見市消防署消防官たちの9つの物語。（西上心太）
な-84-1

楡　周平
ぷろぼの
人材開発課長代理 大岡の憂鬱
大手電機メーカーに大リストラの嵐が吹き荒れていた。首切り担当部長の悪辣なやり口を聞いた社会貢献活動の専門家「プロボノ」達は、憤慨して立ち上がる。（村上貴史）
に-14-4

貫井徳郎
新月譚
かつて一世を風靡し、突如、筆を折った女流作家・咲良怜花。彼女に何が起きたのか？　ある男との壮絶な恋愛関係が今語られる。恋愛の陶酔と地獄を描きつくす大作。（内田俊明）
ぬ-1-7

貫井徳郎
神のふたつの貌《かお》
牧師の息子に生まれた少年の無垢な魂は一途に神の存在を求めた。だが、それは恐ろしい悲劇をもたらすことに……。三幕の殺人劇の果てに明かされる驚くべき真相とは？（三浦天紗子）
ぬ-1-9

額賀　澪
屋上のウインドノーツ
引っ込み思案の志音は、屋上で吹奏楽部の部長・大志と出会い、人と共に演奏する喜びを知る。目指すは「東日本大会」出場！　圧倒的熱さで駆け抜ける物語。松本清張賞受賞作。（オザワ部長）
ぬ-2-1

額賀　澪
さよならクリームソーダ
美大合格を機に上京した友親に、やさしく接する先輩・若菜。しかし、二人はそれぞれに問題を抱えており――。少年から青年に変わっていく、痛くも瑞々しい青春の日々。（川﨑昌平）
ぬ-2-2

（　）内は解説者。品切の節はご容赦下さい。

東野圭吾
手紙
兄は強盗殺人の罪で服役中。弟のもとには月に一度、獄中から手紙が届く。だが、弟が幸せを掴もうとするたび苛酷な運命が立ち塞がる。爆発的ヒットを記録したベストセラー。（井上夢人）
ひ-13-6

姫野カオルコ
彼女は頭が悪いから
東大生集団猥褻事件で被害者の美咲が東大生の将来をダメにした"勘違い女"と非難されてしまう。現代人の内なる差別意識に切り込んだ社会派小説の新境地！　柴田錬三郎賞選考委員絶賛。
ひ-14-4

東山彰良
僕が殺した人と僕を殺した人
一九八四年台湾。四人の少年は友情を育んでいた。三十年後、人生の歯車は彼らを大きく変える。読売文学賞、織田作之助賞、渡辺淳一文学賞受賞の青春ミステリ。（小川洋子）
ひ-27-2

東山彰良
小さな場所
台北の猥雑な街、紋身街。食堂の息子、景健武は、狡猾で強欲なだらしない大人たちに囲まれて、大人への階段をのぼっていく……。切なく心に沁み入る傑作連作短編集。（澤田瞳子）
ひ-27-3

平山夢明
デブを捨てに
「うで」と「デブ」どっちがいい？　最悪の状況、最低の選択。究極の選択から始まる表題作をはじめ〈泥沼〉の極限で咲く美しき"クズの花"〈最悪劇場〉四編。（杉江松恋）
ひ-29-1

平山夢明
ヤギより上、猿より下
淫売宿にヤギの甘汁とオランウータンのポポロがやってきた。彼女たちの活躍で姐さんたちが恐慌を来す表題作ほか全四編。〈最悪劇場〉第二弾。（宇田川拓也）
ひ-29-2

百田尚樹
幻庵《げんなん》（全三冊）
「史上最強の名人になる」囲碁に大望を抱いた服部立徹、幼名・吉之助は、後に「幻庵」と呼ばれ、囲碁史にその名を刻む風雲児だった。天才たちの熱き激闘の幕が上がる！（趙　治勲）
ひ-30-1